우리라도 인류애를 나눠야지

나누고 공감하고
환대하는 그녀들

우리라도 인류애를 나눠야지

천둥 지음

초록비책공방

우리라도 인류애를 나눠야지

초판 1쇄 발행 2023년 12월 20일

지은이 천둥(조용미)

기획편집 도은주, 류정화
본문 그림 고호
마케팅 박관홍

펴낸이 윤주용
펴낸곳 초록비책공방

출판등록 제2013-000130
주소 서울시 마포구 월드컵북로 402 KGIT 센터 921A호
전화 0505-566-5522 팩스 02-6008-1777

메일 greenrainbooks@naver.com
인스타 @greenrainbooks @greenrain_1318
블로그 http://blog.naver.com/greenrainbooks
페이스북 http://www.facebook.com/greenrainbook

ISBN 979-11-93296-18-9 (03810)

어려운 것은 쉽게 쉬운 것은 깊게 깊은 것은 유쾌하게

초록비책공방은 여러분의 소중한 의견을 기다리고 있습니다.
원고 투고, 오탈자 제보, 제휴 제안은 greenrainbooks@naver.com으로 보내주세요.

작가의 말

우리는 매일 누군가를 만나 연결되었다가 흩어진다. 점처럼 흩어져 잊힌 듯하지만 그림에 흩뿌려진 물감처럼 지울 수 없는 하나의 무늬가 되어 기억 속 편린으로 남는다.

'세상의 절반은 여자'라는 말이 가끔은 믿기지 않을 정도로 내 주변에는 여자들이 많았다. 딸 셋에 아들 하나인 집안의 셋째 딸로 태어나 여중, 여고를 나왔고 대학 때는 '여성문제연구회'라는 동아리에서 생활했다. 내 의지는 아니었다. 둘째 언니가 다른 학교의 총여학생회장이었는데 과 선배가 우연히 언니를 만났다. 언니는 반갑게 내 이야기를 했고 선배는 나를 찾아왔다. "조용미가 누구냐?" 강의실에 들어선 선배의 한마디에 친구들은 탄성을 지르며 나를 쳐다봤다. 선배는 누구나 한눈에 반할 정도의 아우라를 내뿜는 사람이어서 그저 이름을 불린 것만으로 부러움을 살만했다. 그렇게 선배를 따라 동아리에 들어갔고 대학 생활 내내 여자들에게 둘러싸여 살았다. 사회에 나와서는 직극적인 내 의지로 여자들과 일했다. 잡지사, 출판사, 제약회사, 교육청 등 내가 다닌 곳은 직원 대부분이 여자들이었고 남자들은 관리자였다. 관리자들은 대체로 무례했기에 적당히 거리를 두고 지냈고, 회사 생활의 누추함을 견딜 수 있던 건 오로지 '언니들'이라는 휴식처 덕분이었다. 또한 인생의 시기마다 배움의 방도가 달라진다는 걸 그녀들의 삶을 보며 배울 수 있었다.

수많은 타인 중에서 특히 그녀들에게 주목한 이유는 더 많은 그녀들의 서사가 쓰이고 읽히기를 바라서다. 영화배우 샤를리즈 테론은 '거지 같은 배역 하나를 따내려고 여배우 여섯 명이 달려드는' 걸 경험하면서 아예 제작자로 나서게 되었다고 한다. 그녀는 다양한 여성 캐릭터를 만들어서 새로운 여성의 서사를 들려주고 싶다고 덧붙였다. 지금 시대에 여성의 다양한 삶을 보여주는 것만큼 중요한 글쓰기가 있을까. 이 글이 다양한 여성의 서사를 모아내는 데 작은 보탬이 되었으면 좋겠다. 《일 년 내내 여자의 문장만 읽기로 했다》에서 김이경 작가는 "오랜 성차별적 사회의 편향을 극복하려면 '편향된 독서'가 필요"하다고 했다. 그것은 "그동안 이어온 남성 편향의" 이야기를 "바로잡기 위한 노력이자 여성으로서의 잠재력을 확인하고픈 열망"이라 했는데, 바로 그 열망을 담아 그녀들의 역사를 기록한다. 시대와 운명을 넘어선 여자들도 큰 힘이 되지만 평범하기 그지없는 아주 사적인 그녀들이야말로 삶의 모퉁이마다 곁을 내어주고 기꺼이 손 내밀어 일으켜 세워준 나의 거인이다.

그녀들 이야기라고 했지만 내 삶의 어느 순간, 윤슬과 같이 반짝이던 순간의 이야기일지도 모르겠다. 그녀들을 경유하지 않고 지금의 내가 있을까? 그녀들 없이 나라는 존재의 본질을 말할 수 있을까? 문득 그녀들이 시간의 켜마다 결을 만들고 패턴이 되어 내 삶을 직조했음을 깨닫는다.

미처 쓰지 못한 그녀들이 손을 흔들고 있다. 소심한 게 아니라 세심한 거라며 마음에 라벨을 바꿔 적어보라던 그녀, 함께 환갑여행을 준비하는 그녀, 한 주제를 지치지도 않고 파고들던 그녀들과 모래성 같은 일을 쌓아 올렸다가 허물었던 날들에 관해서도 쓰고 싶었다. 순전히 내 역량 부족으로 쓰지 못한 그녀들에게 양해를 구한다.

그래도 초록비책공방의 그녀, 대표님을 언급하지 않고 넘어갈 수는 없다. 글 쓰는 삶을 살겠노라 선언했지만 3년쯤 되니까 조바심이 나기 시작했다. 결과를 바라고 시작한 건 아니지만 나는 아무런 보상 없이 계속 나아갈 수 있는 강한 사람이 못되었다. 출판사에 원고를 보낸 만큼 거절의 메일이 쌓여갔다. 그만 포기해야 하나 의기소침해져 있던 차에 그녀의 출간 제의를 받았다.

아직도 그날을 생생하게 기억한다. 알바 면접을 보고 돌아와 늦은 밤까지 〈팬텀싱어 3〉를 보며 지친 마음을 달래고 있었다. 그러다 그녀의 디엠을 발견하고 기쁨에 겨워 날뛰며 소리쳤다. "여보, 나, 나, 드디어 책!"

그때 그녀의 손길이 아니었다면 나는 지금 어떤 삶을 살고 있을까. 그녀에 대해 아는 건 거의 없다. 매달 성실하게 새로운 책을 만든다는 것 말고는. 하지만 나는 그녀의 가장 깊숙한 곳을 안다. "오늘 하루 저에게는 작가님이 덕주셨습니다.", "저 아무래도 작가님 글을 좋아하나 봐요. 곁에 있는 그녀들 이야기에 맘이 몽글몽글해지네요." 그녀는 이런 설레는 말을 건넬 줄 아는 사람이다. 숨은 보석(?) 같은 작가를 발견하고 응원하고 이끌어주는 사람이다. 그녀의 황송할 정도로 다정한 말은 나를 단단하게 받쳐주었다. 윤주용 대표님, 정말 감사합니다.

끝으로 글을 허락해준 그녀들에게 감사와 사랑을 보낸다. 많은 그녀들이 '영광'이라는 표현까지 써가며 응원해주었다. 나야말로!

내 안의 그녀들을 한 명 한 명 소환할 때마다 뜨끈한 수프를 먹은 듯 속이 든든해졌다. 가끔 별거 아닌 일에 울고 싶을 때가 있다. 아무도 없다고 느껴지고 아무도 내 맘을 몰라주고 아무도 함께할 사람이 없다고 훌쩍이다 보면 어느새 그녀들이 곁에 와서 '그렇지, 아무도 없지. 나도 아무도 없어'라고 중얼거린다. 그녀들은 굳건하게도 곁에 머물렀다. 그리고 자신의 생을 통해 보여준다. 친구란 무엇이고 가족이란 어떠해야 하는지. 사랑하는 이들과 어떤 관계를 맺으며 우리의 세계를 구축해가야 하는지. 저녁 하늘에 모습을 바꾸며 뜨는 달처럼 그녀들은 언제나 풍성한 현재로 남는다.

혹시 울고 싶은가? 당신도 한번 써보시라. 당신의 사람들을.

차
례

내 곁의 그녀들

우리의 그녀들

나를 키운 그녀들

내 곁의 그녀들

내 곁에 아무도 없어! 징징대다가 그녀를 떠올렸다.
그래, 그녀가 있었지. 내가 사랑한 그녀,
그리고 나를 사랑한 그녀.
이름을 떠올리는 것만으로도 마음이 푸근해지는
그녀들이 있지.

라일락 향의 밀도만큼

　그녀로부터 연락이 왔다. 우연히 브런치스토리에서 내 글을 봤다고 한다. 그녀를 떠올리니 마르셀 프루스트 《잃어버린 시간을 찾아서》의 마들렌과 홍차처럼 라일락 꽃향기가 코끝을 맴돈다.

　그게 언제던가, 그녀와 실컷 수다를 떨고 집으로 오던 6월의 어느 밤이었다. 라일락 꽃잎이 온몸을 흔들며 향기를 내뿜고 있었다. 늦은 밤이었는데도 달빛이 밝아선지 기억의 왜곡인지 하늘은 마치 반 고흐의 〈아몬드꽃〉과 같은 밝은 옥빛이었다. 그날 그녀와 나눈 이야기는 이미 기억 저편으로 사라져 버렸지만 그 밤의 푸른 달빛과 라일락 향, 서늘하고 포슬포슬한 밤공기는 지금도 생생하게 떠오른다.

사람과 사람이 만나서 하는 '말'이란 실상 별것 없다. 연애할 때 나눈 달달한 '말'들도 나열해보면 거기서 거기다. 단지 그날의 분위기, 목소리의 온도와 순도가 감정으로 남을 뿐이다. 어쩌면 우리는 누군가를 사랑하는 것이 아니라 누군가와 함께 있던 순간의 밀도를 사랑하는 건지도 모르겠다.

그것이 취향이 되는 걸지도. 그러니 따스한 밤바람을 맞을 때마다 그녀가 떠오르는 건 그녀에 대한 기억이라기보다 내가 품었던 사랑에 대한 애착일 것이다. 이렇게 서름하게 말해도 그녀는 온전히 이해하고 고개를 끄덕일 것이다. 우리에게 그 정도 믿음은 있다.

　그녀는 가끔 우리(여기서 우리란, 그녀와 함께했던 마을의 친구들이다)를 초대해 '대접'하는 걸 즐겼다. 보통 자주 만나는 이웃끼리는 내 집처럼 편하게 서로의 부엌에 드나들면서 있는 대로 대충 차려 먹곤 하는데, 그녀는 음식은 물론 차 한 잔도 격식을 차려 정갈하게 내주어서 함께 하는 사람이 존중받는다고 느끼게 해주었다. 우리는 그런 대접이 낯설어 조금 머뭇거렸지만, 금세 익숙해졌다.

　하루는 그녀가 옷장을 열더니 잘 입지 않는 옷과 가방 등을 꺼내 나누었다. 먼지를 뒤집어쓴 장롱 속 보물을 캐는 데 재미를 붙인 우리는 서로의 집을 순례했다. 촛불을 켜고 담소를 나누던 밤도 있었다. 아이들을 재운 뒤 그녀의 집에 모여 사춘기 소녀처럼 머리를 맞대고 까르르 웃다가 갑자기 눈물을 흘리기도 하여 서로를 당황하게 했다. 어두운 밤은 끝도 없이 질문을 만들고 일렁이는 촛불 앞에서 마음은 깊어졌다. 무엇이 우리를 이토록 순연한 관계로 이끌어갔는지. 나중에 《바베트의 만찬》이라는 책을 읽고 깨달았다. 그것은 바로 그녀의 '환대'였다. 그녀는 누구에게든 또 무엇을 하든 오롯이 집중했다. 그녀가 노래를 부르면 눈앞에 무대가 펼쳐진 것만 같았고 그녀가 바라보면 오늘의 주인공은 내가 된 듯했다.

그녀와는 비밀을 공유하면서부터 각별해졌다. 급격히 가까워졌고 깊어졌다. 소중해지고 유일해졌다. 하지만 비밀은 개별적 존재가 가져야 할 적당한 거리를 놓치게 되고 각자의 존엄성에 타격을 입게 한다. 또 비밀을 나누는 사이는 쉬이 좁아져서 다른 내화가 끼어들기 어렵다. 불편한 그 마음이 드러날까 싶던 찰나, 그녀가 이사를 갔다.

오랜만에 연락한 이들이 으레 그러듯이 우리도 꼭 한번 만나자며 전화를 끊었지만, 기약은 없었다. 그러다 어느 날 그녀가 이사한 곳의 지역 라디오에서 인터뷰 요청이 들어왔다. 순간 그녀를 만나야겠다고 마음먹었다. 호기롭게 마음은 먹었으나 자꾸만 망설여졌다. 다들 알지 않는가. 다시 만난 첫사랑, 옛 친구, 동창, 고향 친구 등과 안 만나느니 못한 기억으로 끝나는 숱한 슬픈 이야기. '만난다, 안 만난다'를 반복하다가 만난다 쪽으로 기울었던 날, 메시지를 보내버렸다. "모월 모일, 날을 비우시오."라고 다른 어떤 설명도 없이. "그럽시다." 답이 왔다. 역시 어떤 질문도 없이, 그녀답게.

그녀를 만나러 가는 길이 인터뷰보다 더 떨렸다. 두 손을 꼭 쥐고 계단을 올랐다. 계단을 돌아서자 그녀의 옆모습이

보였다. 달려가 와락 끌어안았다. 그녀는 예의 호탕한 웃음으로 나를 마주 안았다. 그리고 그녀 특유의 환대가 시작되었다. 무대 위에 나를 앉히고 나에게 집중했다. 그동안 어떻게 지냈는지, 어떻게 그림을 그리고 글을 쓰게 되었는지 눈을 반짝이며 물었다. 마침 작가라는 이름을 얻은 지 얼마 되지 않은 때였다. 아무도 물어주지 않고 오로지 글로만 풀어야 했던 것들을 시시콜콜 물어보니 신이 나서 떠들어댔다. 맞다, 이랬지. 그녀의 환대는 끝도 없이 말을 길어냈지. 길어낸 말들로 나를 감싸 안았지. 이야기를 가로채거나 쓸데없는 논평을 하거나 과한 호응 없이 온전히 집중하는 그녀의 진정성에 나는 충만해졌다.

"그래, 언니는 그렇게 증명하는 사람이지."
그녀는 내가 글을 품고 있는 걸 알고 있었던 듯 말했다.

작가 채사장은 한 인터뷰에서 자기 안의 질문을 쓰라고 했다. 그런데 "사랑하는 사람을 돌보고 가족과 산책도 하고 맛있는 거 먹을 때 진짜 기뻐하고. 그런 건강한 사람들은 크게 질문하지 않는다."라며 자기 안에 질문이 없는 건 좋은 거라고, 그 삶이 훨씬 나은 거 같다고 했다.

그녀와 가까이 지내던 당시에는 글을 쓰지 않았다. 서로의 대화로 충분히 답을 얻었으니까. 그녀 덕분에 더 나은 삶을 살았던 것 같다. 서글서글한 눈으로 한순간도 웃기지 않으면 못 살겠다는 듯 던지는 특유의 지적인 농담에 내 영혼은 만족했다. 그녀의 농담은 지독하게 따듯해서 고독이 스밀 틈을 주지 않았다.

또 만나자고 약속했다. 너무 자주 말고 가끔. 언제나 온몸으로 환대하는 그녀지만 서로를 잃지 않기 위해서는 적당한 거리가 필요하다는 걸 이제 우리는 안다. 각자의 자리에서 자신의 삶을 환대하며 기다린다, 서로의 손짓을.

이전엔 발견하지 못한 현재

　그녀는 나보다 여덟 살 많다. 알고는 있었지만 환갑 선물로 가방을 받았다는 말을 들었을 때 적잖이 놀랐다. 환갑이라니! 나도 그날이 멀지 않았는데도 참 현실감각이 없다. 환갑이라 해도 마음은 소꿉친구 같아 한없이 만만하고 편하다('만만하다'는 말은 상대를 조금 우습게 여길 때 많이 쓰지만 사전적으로는 '쉽고 부담스럽지 않다'는 뜻이랍니다). 할머니들이 '마음만은 소녀'라고 할 때 속으로 피식 웃었던 과거의 나, 깊이 반성하고 할머니들에게 무한한 사죄의 마음을 보낸다.

그녀와 있으면 순식간에 소녀가 된다. '덕친'이어서 더 그렇다. 심한 덕통사고를 당해서 책《요즘 덕후의 덕질로 철학하기》까지 쓴 나로서는 덕친이 누구보다 소중하다. 나보다 스무 살 어린 덕친에게 의지하면서 덕질을 시작했고 열 살 어린 덕친에게 좌석을 구걸하며 열 살 많은 덕친과 키득거린다. 어린 친구들이 나를 한심하게 생각하지 않을까 현타가 온 적도 있었는데, 그녀와 키득대다 보니 그것은 전혀 쓸데없는 걱정이었다. 나이와 상관없이 덕심은 조금도 한심하지 않다.

그녀와 나는 강원도 평창에서 열린 공연에서 만났다. 우연히 옆자리에 앉았는데 그녀가 스스럼없이 말을 걸어왔다. 무슨 용기였는지 내가 연락처를 주면서 인연이 이어졌다. 그래서 그녀는 내가 사교성이 있는 줄 알았단다. 나도 내 앞에서와 달리 다른 사람들 앞에서 심하게 낯을 가리는 그녀를 보고서야 우리가 닮은꼴인 걸 알았다. 먼저 손 내밀지 못하는 두 사람이 어쩌다 서로에게는 그다지도 쉽게 마음을 열었는지. 둘만의 공간에서 우리는 자유롭고 깨발랄해진다.

그녀와 있으면 생각지도 못한 이야기가 절로 흘러나온다. 함께 공연을 보고 돌아오는 길에 뜬금없이 어린 시절 이야기를 한참 떠들어대기도, 해본 적 없는 넋두리가 흘러나오기도 한다. 마치 글쓰기처럼. 내게 글쓰기는 막막한 고독의 시간 속에서 길어내는 내 안의 질문과 같다. 그 질문이 하얀 종이가 아닌 누군가의 앞에서 이리도 또렷하고 쉽게 흘러나오다니. 오랜만에 긴장하지 않고 편안하게 나를 드러내도 되는 대상을 만난 것 같다.

그녀도 마찬가지인지 힘겨웠던 이야기를 스스럼없이 한다. 그녀는 갑자기 친정 빚을 떠안게 되어 한동안 허덕였다고 한다. 덕질하는 모습을 보고 아들이 이제 우리 엄마가 편

해졌나 보다며 안도했단다. 우리의 덕질은 어쩌면 살기 위한 몸부림이었는지도 모르겠다. 때로 인간은 자신을 구원하기 위해 사랑을 선택한다. 그래서 죽을 것 같이 힘들 때 본능적으로 '덕질'이라는 도피처를 찾아내는 거다.

사실 우리는 공연 보고 수다 떠는 게 전부라 팬 문화의 융숭한 발전에 큰 도움은 못 된다. 하지만 진정성만큼은 지지

않는다. 과하게 몰입하기보다 내 일상을 잘 사는 것이 팬으로 해야 할 도리라고 지나친 욕심을 내기보다 일편단심을 다짐하며 수많은 팬 사이에서 작은 불빛 하나 비추는 일만큼은 충직하게, 즐겁게 해내고 있다.

"맛있는 고기를 한 점 먹었다고 해봐요. 그걸로 만족이 돼요?"

"안되지. 사람이라면 누구나 한 입 더 먹고 싶은 게 인지상정이지."

"오늘 고기를 먹었다고 내일은 안 먹고 싶나요? 아는 맛이 무섭다고 또 먹고 싶어지잖아요."

"당연하지."

"책은 읽고 또 읽으면 대단하다고 하면서, 이렇게 끝장나게 멋진 콘서트를 오늘 보고 내일 또 보면 왜 흉을 보냐고요. 이전에는 발견하지 못했던 문장을 발견하듯이 우리도 또 다른 포인트에 치이고 감동하는 건데."

"그렇지, 그렇지."

이런 주접을 어제도 하고 오늘도 하고 내일 또 한다. 그녀는 고스란히 받아주며 쿵짝을 맞춘다. 그녀와의 통화는 괴상하고 신나는 덕질 이야기로 시작해서 시시콜콜한 사는 이야기로 넘어간다. 대나무 숲처럼 남들에게 쉽게 하기 힘든, 속에 담아두어야 할 말들을 나눈다. 들어주는 것 말고는 아무것도 할 수 없지만 그것만으로도 충분하다. 때로는 하루에도 몇 번씩 통화하기도 해서 조금 무안할 때도 있다. 하지만 용건이 있을 때 하라고 있는 전화인걸, 뭐. 물론 우리의 용건은 행복감이다.

'시절인연'이라는 말처럼 우리는 시절에 따라, 인연에 따라 더 깊어질 때도 있고 조금 옅어질 때도 있겠지. 앞으로 누구와 현재를 나누게 될지 모르지만 지금은 실컷 그녀와 현재를 나누련다.

어리광에도 어깨를 내어줄게

　세상에는 두 종류의 사람이 있다. 상대에게 좋은 일이 있을 때 질투하는 사람과 응원하는 사람. 말로는 응원한다지만 질투하는 마음이 빤히 보이는 사람도 있다. 그녀는 온전히 응원하는 쪽에 서 있다. 나를 향한 응원을 온몸으로 느낀다. 그녀가 '부럽다'고 한다면 그건 질투가 아니라 그만큼 대단하다는 칭찬이다. 어쩜 그럴 수가 있나 신기할 정도로 자신과 비교하지 않는다.

　아이러니하게도 나는 그녀를 질투해서 첫 아이를 가졌다. 임신한 사람을 질투하면 임신이 된다는 속설이 있는데 내가 바로 그런 경우다. 그녀가 임신했다는 소식을 듣자마자 머리가 쭈뼛하게 설 정도로 질투가 났다. 아이를 기다리던 때였으니 우연일 수도 있지만 그녀의 임신 소식에 불같이 질투가 났으니, 분명 그녀로부터 기운을 받은 거다. 그녀의 아이와 내 아이는 두 달 차이 동갑내기다.

우리는 같은 산부인과에 다니고 같은 음악, 같은 그림책으로 태교했다. 신생아 때의 두 달 차이는 큰 편이라 그녀로부터 꽤 많은 신생아용품을 물려받기도 했다. 아이가 세 돌이 될 무렵 내가 이사하는 바람에 물리적 거리는 멀어졌지만, 한 달에 한 번씩 그녀가 사는 곳으로 달려갈 만큼 심리적 거리는 더 가까워졌다. 명분은 '그림책 보는 모임'이었다. 덕분에 그녀의 친구가 내 친구가 되고 그녀의 친구 아이가 내 아이의 친구가 되었다. 우리는 아이 키우는 관점을 공유하며 서로의 교육관을 탄탄하게 지지하는 사이가 되었다.

그녀가 이혼하고 그 고통을 호소할 데가 없을 때 나는 마음껏 토로할 수 있는 유일한 대상이 되어주었다. 우리 사이는 더욱 살뜰해졌지만 사회생활로 바빠지면서 각자 다른 세상으로 빠르게 편입되었다.

"나야, 재워줘."

싱크홀처럼 바닥이 무너져 내렸다고 느낀 어느 날, 그녀를 찾았다. 그녀는 내가 뜬금없이 나타나도 두 손 두 발 들고 지지하고 위로해주리라 믿었다. 역시 그녀는 아무것도 묻지 않았다. 그러고 보니 얼굴을 직접 보지 못한 지 20년이나 흘렀다. 통화와 문자만으로 그 시간을 채워왔다니, 새삼 놀라웠다. 우리는 처음으로 나란히 누워 밤을 보냈다. 처음이라

는 게 믿기지 않았다. 힘들었던 밤마다 서로가 있었으니까. "하나도 안 변했네."와 같은 흔한 인사말은 하지 않았다. 우리는 어제 만난 듯이 이야기를 시작했다. 그렇게 그녀는 내 그림과 글, 뜬금없는 격렬한 덕질까지 고스란히 이해하고 받아줬다. 이제 막 시작한 작가라는 꿈도 열렬하게 응원하고

매니저를 자청하기까지 했다.

사실 우리는 너무나 다르다. 취향도 생활방식도 사고방식도 다르다. 그녀는 하얀 시트의 호텔을 좋아하고 나는 고즈넉한 한옥을 좋아한다. 그녀는 글을 쓰기 전에 미리 구조를 짜야 하고 나는 첫 문장만 떠오르면 그냥 쓴다. 그녀는 상식 내에서 행동하고 나는 상식에서 벗어나기를 좋아한다. 그녀는 안정된 조직 안에서 혁신을 시도하고 나는 세상이 뭐라 하든 내 멋대로 산다. 처음에는 의외의 모습을 발견할 때마다 놀라워하고 신기해했지만 이제는 있는 그대로 모습을 인정하고 가끔은 부러워하며 대단하다고 서로를 추어주기 바쁘다. 같은 걸 보고도 완전히 다르게 받아들이는 우리의 특성을 살려 '같은 문장, 다른 해석'이라는 편지글을 써보자는 야심 찬 계획도 세워놨다(아직 계획뿐이다).

그런데 그녀가 요즘 자주 아프다. '정상'으로 돌아가려면 어찌해야 하냐고 내게 조언을 구한다. 환자까지는 아니지만 정상보다 살짝 골골한 내게 마음을 기댄다. 나는 '정상'인 사람들도 다들 자기만의 아픔을 껴안고 살아갈 것이니 우리도 '정상'에 속할 거라는 말을 조언이랍시고 한다. 그녀는 고개를 끄덕이지만 듣지는 않는다. 듣지는 않으면서 고통을 호소하며 어리광을 부린다. 어딜 가나 어른으로 살아야 하는 우리는 어리광을 부릴 데가 없다. 그런데 그녀가 내게 어리광을 부리니 얼마나 다행인가. 보잘것없는 체력으로 그녀에게 기댈 어깨를 내어줄 수 있다니 나의 작은 쓸모가 뿌듯하다. 누군가에게 손 내밀어 준다는 건 꽤 큰 기쁨이다. 친구의 고통에 같이 울어주기는커녕 내 효능감을 말했는데도 그녀는 고마워한다.

빨리 나아서 굳이 내게 기대지 않고 그녀가 말하는 '정상'들과 편하게 지내면 좋겠다. 어차피 우리는 언제든 같은 방향에 서 있을 테니까.

고양이가 다가오는 모험

고양이 한 마리가 다가왔다. 동물을 무서워하는 나는 고양이는 원래 사람을 피하는데 저 고양이는 왜 따라오느냐고 투덜거렸다. 그녀는 말없이 그 고양이에게 다가갔다. 나는 멀찍이 떨어졌는데 여기저기서 고양이들이 고개를 내밀고는 그녀를 향해 다가오는 게 아닌가. 그녀가 움직일 때마다 새로운 고양이들이 나타나 눈을 반짝였다. 기겁하고 도망가려는데 그녀가 인사를 하니까 고양이들은 원래 자리로 돌아갔다. 나는 앞으로 피리 부는, 아니 고양이 부르는 그녀를 멀리해야겠다고 마음먹었다.

그래 놓고는 금세 잊고 그녀와 산에 갔다. 휴게소에서 빵을 먹는데 새가 우리 테이블로 날아들었다. 그녀는 어린 내 아들 손을 잡고 빵부스러기를 손 위에 올려 새에게 먹일 수 있게 해주었다. 그녀가 새를 날려 보낸 후에는 아들이 빵부스러기를 들고 아무리 불러도 새는 오지 않았다. 그녀는 남들이 보지 못하는 걸 보고 느끼지 못하는 걸 느끼는 특별한 감각이 있다.

그녀 말에 의하면 나는 전생에 새였다고 한다. 개나 고양이에게 쫓긴 경험이 많은 작은 새. 내가 새였는지는 알 수 없지만, 새가 영적으로 맑다는 말에 공연히 흡족했다. '새로, 나'라는 이름을 필명으로 할까 생각할 정도로.

어릴 적부터 신비로운 이야기에 매혹되곤 했다. 좋아하는 이가 하는 말이라면 더욱 그렇다. "에이, 설마. 진짜?" 되묻기보다 "오! 그렇구나."부터 외친다. 양자물리학으로 보면 우리 눈으로 보는 것은 실재가 아니라는데 (과학은 어렵다. 이 표현이 맞는지도 모르겠다) 확인할 수 없는 거라고 함부로 거짓이라고 말할 수 있을까. 만일 그녀가 내게 거짓말을 했다고 해도 그럴만한 이유가 있을 테니 상관없다.

새를 가까이서 보지 않았는가. 그럼 된 거지.

천천히 늙어서 빨리 보여주길

　　친구라고 하면 대체로 정해진 역할이 있다. 고민을 잘 들어주는 친구, 즐겁게 놀 수 있는 친구, 맛있는 걸 같이 먹고 싶은 친구, 언니 같은 친구, 동생 같은 친구 등등. 그녀는 친구라는 이름 아래 이 모든 역할이 가능하다. 언니 같았다가 동생 같았다가 뭐든지 같이 하고 싶고 언제든지 연락해도 불편하지 않고 무엇이든 솔직하게 말할 수 있고 진지하게 의논할 수 있고 끝도 없이 수다를 떨 수도 있다.

　　그녀를 처음 만난 건 스무 살 무렵이다. 나는 그녀가 지적이어서 좋았다. 그녀의 언어에는 신뢰가 묻어났다. 또랑또랑한 목소리로 적절한 비유와 전문용어를 섞어 말하는데, 전문가의 포스(라고 쓰지만 '말발'이라고 읽어도 무방하다)가 뿜어져 나왔다. 지금도 그 포스로 먹고산다(고 그녀 스스로 말한다). 하지만 알고 보면 그녀는 개그 본능으로 똘똘 뭉쳐있다. 약간의 허풍과 드립, 치고 빠지는 타이밍까지 완벽하게 분위기를 쥐고 흔들 줄 안다. 그녀는 개구리처럼 약간 볼록한 볼을 가졌는데 그녀가 볼을 오므리는 순간 나는 코를 벌름거리며 웃을 준비를 한다. 그 안에서 뭐가 튀어나올지 잔뜩 궁금증을 안고. 그녀는 한 번도 기대를 저버린 적이 없다.

"우리집에서 자고 가."

헤어질 무렵이면 그녀는 항상 이 말을 했다. 혼자이신 엄마가 심심하니 같이 놀자는 거다. 엄마랑 놀다니, 어른과 아이가 같이 논다고? 황당했다. 내게 어른과 아이란 위아래, 수직 관계여서 감히 같이 논다는 생각을 해본 적이 없다. 더구나 어른에게 아이는 귀찮은 존재가 아닌가(왜 그렇게 생각했을까). 아이에 불과한(스무 살이 넘었는데도 아이라고 생각하다니) 나는 어른과의 자리를 되도록 피했다. 괜히 곁에 있어 봤자 잔소리나 들으니 피하는 게 상책이었다. 지금도 나는 어른과 함께 있는 자리가 불편하다. 그래서 아이들과 있게 되면 얼른 자리를 피해주려고 애쓴다.

반면 그녀는 엄마랑 아주 자연스러웠다. 혼자되신 엄마를 어려서부터 언니와 함께 서로 돌보며 지내왔다. 세 모녀는 서로를 '동등하게' 돌보는 관계였다. 그녀의 엄마도 자식에게서 받는 관심과 돌봄에 익숙했다. 그들에게 돌봄은 '아껴주는 마음'이었다.

그녀는 식사 때가 되면 뭘 해 먹을지 고민했다. 나는 엄마를 조금 도와드릴 뿐이지 살림의 주체로서 무엇을 할지 생각해 본 적이 없었다. 만약 우리집에서 내가 뭘 해 먹자고 말한다면 엄마는 일종의 월권으로 여길 거라고 생각한다. 자식은 어머니와 아버지의 가정에 딸린 구성원일 뿐 동등할 수 없다고 여겼던 것 같다. 그러니 어른과 같이 논다는 그녀의 말을 어떻게 이해할 수 있었겠는가. 돌이켜 보면 그녀는 이상적인 가족 형태를 보여주었다. '가족 구성원 사이에 어떻게 하면 동등하게 서로 돌봄'을 할 수 있는지 눈으로 생생하게 보고서도 배움을 얻지 못했으니 안타까울 뿐이다.

그런 그녀라서 지극히 시대 중심인 결혼 생활을 힘겨워했다. 위로는 했지만, 사실 그녀의 고통을 온전히 이해하지는 못했던 것 같다. 결혼이 원래 이런 제도임을 몰랐단 말인가, 부당함을 느끼기에 너무 익숙한 질서였다. 살아온 환경이라는 게 이렇게 중요하다. 여성문제에 관심 많으면 뭐 하나, 가부장제에 익숙해져 버린 것을. 그때만 해도 낡은 질서에 분노할 줄만 알았지, 새시대를 원하면 치열하게 새로운 꿈을 꾸어야 한다는 걸 몰랐다. 하지만 삶에 있어 치열한 그녀는 오랜 줄다리기 끝에 결국 비대칭적인 관계를 최대한 바로잡았다.

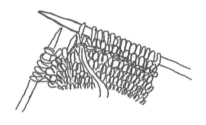

이런저런 삶의 부침을 겪었을 때 그녀를 도운 것은 명리학이었다. 상담 공부를 한 그녀는 심리학과 명리학이 한 끗 차이임을 깨우치고 명리학을 인문학적으로 해석한다. 잘 보는 도사(!)를 찾기도 하지만 도사의 말을 해석하는 것은 그녀다. 여기서도 그녀의 말발이 제대로 발휘되는데 전문용어 몇 개 아는 게 전부라면서 어찌나 적재적소에 잘 풀어쓰는지.

그녀의 지인들은 도사를 만나고 나서 그녀를 찾아 다시 풀이를 청한다. 도사보다 나은 풀이력이란! 물론 운세는 얻겠다는 의지가 있을 때 얻을 수 있으며 얻는 것이 있으면 잃는 것도 있다는 말을 잊지 않고 덧붙인다.

그녀는 그동안 벌어 먹고사느라 힘들었으니 노후는 헐렁하고 느슨하게 살 거란다. 뭔가를 한다면 뜨개질이나 하겠다고 툭 던졌는데, 그녀의 말에 정세랑의 소설《이만큼 가까이》의 송이가 떠올랐다. 어릴 때부터 뜨개질로 독특한 소품을 만들던 송이는 뉴욕 로컬 디자이너에게 스카우트되면서 자신만의 재능을 마음껏 발휘한다. 그녀는 송이처럼 독특하고 남다른 안목을 가졌다. 드라마 〈사랑의 불시착〉에서 '세리스 초이스(Sery's choice)'라는 회사 이름이 떴을 때 그녀가 해야 했을 직업이 바로 저거였구나, 무릎을 칠 정도다. 그녀가 뜨개질을 한다면 실을 하나 골라도 색감이 남다를 것이며 무늬를 하나 넣어도 새로운 디자인이 될 테니 벌써 기대 만발이다. 얼른 그녀의 뜨개질을 보고 싶지만, 그녀가 빨리 늙기를 바랄 수는 없으니 천천히 늙어서 빨리 뜨개 작품을 보여주라.

애증과 애잔 사이

그녀를 떠올리면 마음이 복잡하다. 그녀는 철없던 시절 불장난 같은 사랑이기도 하고 둘도 없는 친구이기도 하며 흔적도 없이 지우고 싶은 일기의 한 페이지이기도 하다. 한 번쯤 만나보고 싶다가도 이내 다시는 만나고 싶지 않다고 고개를 젓는다.

그녀를 만난 건 고2 때였다. 나는 어려서부터 학년이 바뀌는 것을 유난히 두려워했다. 두루두루 친해지지는 못해도 친구 한 명은 사귀곤 했는데 고등학교에 들어서면서부터는 눈 마주칠 친구조차 제대로 사귀지 못했다. 학교에서 버티다가 집에 와 언니들과 시간을 보내면 그나마 숨통이 트였다. 그런데 언니들이 대학생이 되자 이전처럼 나와 시간을 보낼 수가 없었다. 외로웠다. 그 당시 외로움을 표현했던 말들, 아직도 기억하고 있다. "벽을 보고 있어, 벽을 보며 말해, 벽이 점점 가까워져…."

쉬는 시간엔 혼자인 것을 들키지 않기 위해 하릴없이 계단을 오르내렸다. 점심시간에는 혼자 밥 먹는 게 지겨워 차라리 공부했다. 학교에서 내게 반응을 보이는 건 선생님뿐이라 수업 시간 중 딴짓하지 않고 집중했다. 의도치 않게 성적이 올랐다.

암흑 속을 걷는 것 같았다. 왜 사는가, 왜 태어났는가, 왜 학교에 다니는가, 왜 아직 어른이 아닌가. 수많은 질문 중에 '내 곁에는 왜 아무도 없는가'를 떠올리면 그대로 무너졌다. 그때는 누구에게라도 기대고 싶었다. 어른이 되어서 돌아보니 유독 나만 그런 게 아니었다. 그 시절엔 다들 친구가 제일 중요했지만 그래도 다른 무언가에 마음을 두며 견디기도 했더라. 들국화 노래, 미야자키 하야오의 애니메이션, 라디오 별밤 등. 나도 그런 지혜가 있었더라면 좋았을 것을.

어느 날 그녀가 내 옆에서 도시락을 먹었다. 그때 나는 그녀에게 영혼을 바치겠다고 결심했다. 단순하지만 나에겐 중요했고 맹목적이지만 내 마음은 분명했다.

그녀도 혼자였다. 어울리는 친구가 몇몇 있었지만 도시락을 싸줄 엄마가 없다는 걸 아는 친구는 없었다. 그녀는 나보다 더 일찍부터 외로웠고 더 일찍 그것을 은폐할 줄 알았던 것 같다. 그래서 허우적대는 나를 적당히 자기 옆에 두었는지도 모르겠다. 아니 어쩌면 그녀도 내게 진심이었을지 모

른다. 어렸으니까 진심을 전하는 데 서툴렀던 걸지도. 아니면 그것이 우리 또래가 나누는 적당한 친구 관계였을지도.

나는 질주하고 집착하고 애달파했다. 그녀가 필요했다. 사랑에 빠지기 위해. 그녀의 눈길을 한 번이라도 더 받기 위해서라면 뭐든 서슴없이 갖다 바쳤다. 편지도, 음악 테이프도, 선물도. 용돈이랄게 없는 처지에도 차비를 아껴 그녀가

좋아할 만한 것을 사려고 여기저기를 헤집고 다녔다.

당연히 성적은 뚝뚝 떨어졌다. 3학년에 올라가면서 반이 달라지자 쉬는 시간마다 그녀의 반에 들락거렸다. 수업에도 공부에도 집중하지 못했고 그녀의 친구들과 적당히 어울렸다. 나와 너무나 다른 결을 가진 친구들이었다.

마음 깊은 곳에서 계속 신호가 들려왔다. 이러면 안 돼. 끊임없이 구조 요청을 했다. 어른들을 향해서, 선생님을 향해서, 엄마를 향해서. 저를 불러서 야단쳐 주세요. 선생님의 권한으로 그녀와 떨어뜨려 주세요. 선생님도 보이시죠? 제 인생이 망가지고 있어요. 아이들에게 다정한 선생님이었는데 내게는 왜 무심했는지. 눈에 띄게 성적이 떨어지는데 아무 조치도 취하지 않은 선생님을 나는 오래 원망했다. 누군가 호되게 야단쳐주고 억지로라도 갈라놓기를 간절히 빌었지만 아무도 말리지 않았다. 계속 나아갈 수밖에.

우리는 서로를 갉아먹었다. 감정은 언제나 아슬아슬했고 서로를 탐닉했고 서로를 잃어갔다. 벼랑 끝이라는 생각이 들 때도 그녀만 있으면 된다고 나를 더 몰아세웠다. 결국 형편없는 대학입시 성적을 받았다.

그녀와 나는 같은 대학에 원서를 넣었다. 내신이 높았던 (1학년 때의 성적 덕분에) 나만 붙었다. 그녀 앞에서는 처절하게 울었지만, 마음 깊은 곳에서는 안도의 한숨이 새어나왔다. 우리는 다른 길을 가며 점차 멀어졌고 연락처를 잃었다.

어른이 되어서 그때 만약 약삭빠르게 도망갔었더라면 대학과 직업이 달라지고 삶이 달라졌을 거라는 생각을 종종 했다. 주변에 어린 누군가가 그때의 나와 같은 눈빛을 보인다면 당장 손을 뻗어 구조하리라 다짐까지 했더랬다.

스스로를 제어하지 못한 나를 오래도록 용서하지 않았다. 후에 장 자크 아노의 영화 〈연인〉을 보면서 알게 되었다. 누구나 한때 무모하다는 것을. 영화는 격정의 멜로 드라마이지만 내게는 그런 의미로 다가왔다. 그리고 마침내 나를 용서할 수 있었다. 꾹 눌러 봉인해 두었던 기억을 조금씩 펼쳐내어 보았다. 그녀는 내게 무엇이었을까. 그녀는 내게 어떤 마음이었을까. 〈연인〉의 원작 소설에는 평생 가슴에 남는 진실한 사랑이었다는 고백이 나오는데, 과연 진실한 사랑이란 뭘까.

어린 날의 외로움, 바보 같은 이끌림, 죄의식, 두려움에 쫓기며 수많은 방식의 폭력에 서로를 내맡겨놓고 일방적으로 마음을 바치는 것이 사랑이라고 착각했다. 자신을 망가뜨리면서까지 모든 것을 바쳐야 진짜 사랑인 줄 알았다. 그 당시 우리가 읽은 소설과 음악과 드라마와 영화 등에서 사랑을 그렇게 가르쳐 주었다. 사랑이라는 이름의 잘못된 신화와 문화를 그대로 받아들이면서 그것이 내 생각이라고 철석같이 믿었다. 아마 나를 포함한 우리 세대는 사랑이라는 철저히 망가진 기억의 퇴적층이 있을 것이다. 그러니 그녀가 아니었어도 나는 누군가에게 그렇게 맹목적으로 달려갔을 거다. 꼭 그녀가 아니었더라도 내 인생은 '망가졌을' 거다. 그녀 탓이 아니라 내 몫의 후회와 회한이다.

사실 이 글을 쓰기 전까지만 해도 그녀에 대한 마음은 애증이었는데 글을 마무리하는 지금은 애잔함이다. 그녀가 아니었다면 그 시절을 어떻게 건너왔을까. 이제야 그녀에게 고마운 마음이 든다. 진심으로.

'조바꿈'이 불러온 문화적 격차

마쓰이에 마사시의 《여름은 오래 그곳에 남아》를 읽으면서 그녀가 떠올랐다. 책은 주인공 사카니시가 존경하는 무라이 선생님의 건축사무소에 입사해서 동료인 선배들과 국립현대도서관 설계를 함께 만들어가는 여름날의 이야기다. 무라이 선생님은 정주하는 인간에게 필요한 공간에 대해 깊이 고찰하는 존경받는 건축가로, 동료들은 선생님의 건축에 대한 정신을 이어가기 위해 노력한다. 한 계절을 지나는 동안 각자의 삶 속에 건축에 대한 신념과 저력이 어떻게 녹아 들어가는지 고스란히 그려져 있다.

왜 그녀가 떠올랐을까? 그녀가 건축가이기 때문만은 아니다. 아마도 책 속 사카니시와 선배 동료들이 나누는 대화에서 평소에 접하기 어려운 높은 문화적 소양을 느꼈기 때문일 것이다.

오래 전 그녀가 나를 집으로 초대한 적이 있다. 내가 조바꿈을 전혀 알아듣지 못해서였다. 음악 시간에 조바꿈을 배웠고 시험에 나온다는데 아무리 공부해도 이해가 되지 않았다. 사실 선생님은 거의 가르쳐주지 않았고 "피아노 학원에서 다 배웠지?" 한마디로 수업을 끝냈다. 나는 피아노를 배우지 못했고 우리 반에는 나 같은 친구가 꽤 많았을 것이다. 하지만 아무도 묻지 못했다. 물론 물어봤다 한들 결과는 비슷했을 거다. 투덜거리는 나에게 그녀가 손을 내밀었다. "내가 가르쳐줄게." 그녀는 음악 시간에 선생님 대신 반주를 하고 우리 반 지휘자가 되어 합창대회에서 우승으로 이끌었던, 음악적으로나 리더십으로나 남다른 친구였다.

그녀의 집에 들어서자마자 나는 숨이 턱 막혔다. 거실에는 책과 클래식 음반이 가득 차 있었는데, 우리집에서는 느낄 수 없는 깊고 장중한 서사가 흐르고 있었다. 그녀는 한 번도 들어본 적 없는 음악을 들려주었고, 제목만 들어본 책과 저자, 주인공의 이름을 거론했다. 음악은 황홀하고 감미롭게 흘렀고 그녀의 말은 유려했지만, 나는 그녀의 말을 반의반도 이해하지 못했다. 학교에서 보아온 모습과는 다르고 낯설어서 가만히 그녀의 얼굴만 쳐다보고 있었다. 그러다 순간 그녀 얼굴에서 꿈틀거리던 무언가가 내 안으로 미끄러져 들어오는 것을 느꼈다. 그게 뭐냐고 묻는다면 무라이 선생님이 가진 정신과 조각난 어른의 세계라고 답할 수밖에.

어릴 때 공기처럼 접하는 문화적 토양은 공교육으로는 절대 메울 수 없는 격차를 만든다. 중학교 3학년 때 누군가 "어떻게 금난새를 몰라?"하며 놀란 적이 있다. 그 아이 얼굴에 묻은 경멸인지 경악인지 모를 표정이 아직도 잊히지 않는다. 그러고도 한참을 몰랐다. 내가 어떻게 알 수가 있었겠는가. 우리집의 유일한 문화는 금성출판사, 계몽사에서 나온 세계문학전집과 한국문학전집이 전부(내게 엄청난 토양이 되어준)였는데. 아, 또 외삼촌이 사다준 어린이 잡지 〈어깨동무〉에서 만화라는 신세계를 만나기도 했다. 그녀 덕분에 시험에서 조바꿈을 틀리지는 않았지만 나는 지금도 음악의 언어를 이해하지 못한다. 단순히 조바꿈 하나를 안다고 해서 알게 되는 세계가 아니니까. 그럼에도 우연히 하늘에서 떨어지는 별똥별처럼 그녀를 만나 다른 우주를 경험한 것에 감사한다.

요즘처럼 문화적 격차가 큰 시대에는 더욱더 많은 별똥별이 떨어지기를.

단짝과 그 딸들 아니 '여러분'

우리는 초등학교 6학년 때 단짝이었다. 시를 탐하는 문학 소녀의 본능이 깨어나던 시기였다. 우리는 서로의 글을 읽으며 문학적 취향을 나누는 기쁨을 처음 맛보았다.

수업이 끝나면 집으로 돌아오는 길에 그녀의 집과 우리집을 오가며 대문 앞이나 골목길 여기저기에 쪼그리고 앉아 우리만의 세계를 쌓아올렸다. 우리집 마당에는 대추나무가 있었는데, 대추가 파랄 때부터 빨갛게 쪼그라들 때까지 우리의 이야기를 익혀갔다. 나는 가끔 고등학생이었던 큰언니의 문집을 훔쳐다 그녀와 함께 보았다. 우리가 만들어낸 시정(詩精)

과는 비교할 수 없이 로맨틱하고 멜랑콜리한 것이 그곳에는 숨어있었다. 우리는 깊은 탄성을 내뱉으며 성숙해지기 위해 발버둥을 쳤다. 그 중심에는 '캔디'가 있었다. 당시 인기를 끌었던 〈들장미 소녀 캔디〉를 보고 또 보았다. 티브이로도 보고 만화책으로도 보았다. 우리는 주인공 캔디가 되어 그녀가 겪어야 했던 수많은 고난과 고초를 함께 아파했고, 어른이 되면 캔디가 어린 시절을 보냈던 보육원 원장이 되기로 손가락 걸고 약속하기도 했다.

아마 나의 문학적 소양은 거기서부터 싹텄던 것 같다. 상상의 세계가 소멸과 생성을 반복하며 부풀어 올랐고 엄청난 지진을 일으키며 끝도 없이 깊어지다가 부서져 내렸다. 지금도 어린 시절 그 길모퉁이 어딘가에 우리가 만들었던 세계가 숨죽이며 기다리고 있을 것만 같다.

한동안 그녀를 만나지 못했다. 그녀는 계속 글을 썼고 가끔 새벽 두 시에 전화해 시를 읽어주곤 했지만 나는 아예 글과는 담을 쌓고 살았다. 그러다 내가 40년 만에 글을 쓰게 되면서 그녀와 드디어 문우가 되었다. 마침 사는 곳도 멀지 않아서 예전처럼 단짝으로 지내며 문우답게 서로의 글을 나누고 독서 모임을 한다.

그녀와 글로 다시 만난 것도 좋지만, 지금 내가 가장 관심을 가지는 건 그녀와 그녀의 딸들 일상을 엿보는 일이다. 그녀는 이혼하고 세 딸과 새로운 가족문화를 일구며 살고 있다. 이 가족의 리더는 첫째이다. 첫째가 추구하는 가족은 일종의 '서로 돌봄 공동체'이다.

첫째는 어릴 적부터 남다른 면이 있었다. 서너 살 무렵인가, 엄마 곁에 껌딱지처럼 붙어있어서 세 발짝만 떨어지라고 했더니 옆으로 한 발, 뒤로 한 발, 마지막 발은 원위치에 돌아와 섰다. 아이의 영특함에 깜짝 놀랐었다. 학교에 들어가서도 마찬가지였다. 분명 아침 일찍 집을 나선 아이가 항상 지각한다고 연락이 왔단다. 그래서 어느날은 아이 뒤를 몰래 따라가 보니 걸음걸음마다 멈춰 서서 꽃을 살피고 나무를 살피고 곤충을 살피는 게 아닌가. 가게마다 유심히 들여다보고 세상의 궁금한 것들을 관찰하느라 아이는 자주 멈춰 섰다. 지금은 미국에서 공부하고 있는데, 말 그대로 공부가 제일 재미있단다. 다행히 장학금과 지원금으로 자립하고 있다.

둘째는 목욕 후 욕실 환기구까지 청소하고 나올 정도로 싹싹한 아이다. 또 첫째가 추구하는 가족공동체에 가장 협조적인 동반자이자 적극적인 실천가이다. 둘째는 '엄마'라고 부르는 순간 청자와 화자 모두 모성애에 사로잡혀 일방적인 돌봄으로 기울 수 있다면서 가급적 '여러분'이라고 운을 떼우고 말을 시작한다. 부모 중심의 가족문화 타파를 위한 방법의 하나란다. 셋째는 언니들의 가족공동체 방향에 동의하고 함께 정한 역할 분담을 해내면서 대한민국의 고등학생으로서 착실하게 생활하고 있다. 어쩌면 제일 어려운 포지션일지도.

그녀와 세 딸은 가족공동체로부터 시작한 돌봄을 주변인과 동물, 지구로 확장하고 있다. 귀농한 농부의 농산물을 이용하며 주변에도 널리 알리고 매일매일 제 손으로 조리해서 먹기, 대나무 칫솔을 이용하며 환경문화제에 참여하기, 장애인 1인 시위에 동참하기 등. 다층적이고 다각적인 삶을 살아내는 그녀들은 채식주의자이자 환경운동가이며 페미니스트이다. 가부장제를 온몸으로 겪고도 여전히 전형적인 성역

할을 벗어나지 못하는 나로서는 그저 존경하는 마음으로 바라볼 뿐이다.

워낙 바쁜 터라 그녀들을 만나기는 쉽지 않지만 어쩌다 만난다면 말 한마디도 조심해야 한다. 모든 변화는 언어로부터 시작된다며 엄마들의 입을 단속하니까. 가장 사소하면서도 가장 어려운 개인적인 변화를 해내는 그녀들을 보면서 어쩌면 인류가 지금의 한계를 극복할지도 모르겠다는 희망을 품는다.

그녀들은 목하 공부 중이다. 아직 학생인 딸들에 이어 그녀까지 대학원에 진학했다. 큰딸이 적극 권유했고 채찍질까지 했다. 그녀가 반찬을 만들고 있으면 "살림이 제일 편하지? 원래 살던 대로 사는 게 제일 편한 거니까." 이러니, 공부를 안 할 수가 없더란다. 당분간 학업에 집중해야 하니 자주 만나지 못하고 더불어 딸들 이야기도 듣지 못하게 되어 아쉽다. 하지만 그녀들의 공부가 앞으로 어떤 새로운 길을 제시할지 자못 기대가 크다.

존재했음에 감사해

그때 그녀는 폐암 말기를 선고받았다. 땅을 사서 자급자족을 하는 것이 꿈이었던 그녀가 드디어 시골에 집을 짓고 난 후였다. 서울에 있는 직장을 그만두지 못한 채 주말에만 시골집에 왔다 갔다 했지만, 무척 행복한 그때.

의학적 조치도 별로 할 게 없다는 말을 그녀는 담담히 받아들였다. 그리곤 직장을 그만두고 시골집으로 내려갔다. 그녀는 농사를 제대로 지어보지 못하고 가는 것이 아쉽다고 했다. 땅을 제대로 만들려면 최소 3년은 걸릴 테니, 그동안이라도 몸이 버텨주면 좋겠다면서 땅에 납작 엎드렸다. 돌을 고르고 잡초를 뽑고 고랑을 만들며 매일 땅 위를 기어다녔다. 저녁이면 SNS에 정갈해진 밭 사진을 올리고 하루치의 행복을 쌓았다.

매일 요리도 했다. 요리하는 것을 좋아했지만 기회가 별로 없었다. 친정엄마와 함께 살기도 했고 회사에 다니느라 바쁘기도 했다. 친정엄마 덕에 살림과 육아 걱정은 많이 덜었겠다고 사람들은 생각했지만, 그녀는 제 손으로 아이들을 키우고 싶어 했다. 사실 그녀의 엄마는 수시로 집을 나가버려서 그리 안정적이지 못했다. 게다가 엄마가 돌아오면 경제적인 손실도 따라왔다. 그녀는 자신이 떠난 후 엄마의 거처를 걱정했다. 어쨌든 요리하는 것은 좋은 신호라고 생각했다. 좋은 먹거리를 알뜰히 챙겨 먹으며 입맛을 유지해야 삶의 여지가 있는 거니까. 또 아이들에게 맛있는 걸 해먹이며 소원을 풀 수 있으니까.

농사 3년 차에 그녀는 밭일을 그만두었다. 더 해보라고 보챘다. 땅 위에 있어서 생각보다 버틸 수 있었기에. 하지만 그녀는 알았다. 더 이상 흙을 그러잡을 수 없음을.

우리는 자주 긴 통화를 했다. 주로 '엄마의 부재'에 대해, 엄마가 있지만 엄마 품을 느껴보지 못한 자신에 대해, 엄마가 떠나면 엄마 품을 그리워할 딸들에 대해, 자신이 딸들에게 엄마 품이 되어주었는지 그리고 딸들에게 엄마의 부재가 숙명으로 이어지지는 않을지 하는 두려움에 대해. 우리에게 엄마는 삶 이전에 넘어야 할 산이었고, 죽음 이전에 건너야 할 강이었다. 엄마의 부재는 언제나 관계의 불안을 낳았다. 관계가 시작되기도 전에 두려움이 앞섰다. 남편 덕에 조금은 해소되었지만 자기 안의 부재는 누군가에게 기댄다고 해서 메워지는 것이 아니다.

또 우리는 죽음을 이야기했다. 맞서 싸울 죽음이 아니라 마무리할 죽음에 대해, 늘 삶의 곁을 서성이던 죽음에 대해, 죽음 뒤에 아무것도 남지않기를 바라는 마음에 대해, 그래서 죽음을 앞두고 삶을 함께해준 사람들과 어떻게 헤어질 것인지에 대해. 그녀에게 죽음의 그림자가 드리우기 전 우리는

죽음에 대해 이야기했다. 결국 삶에 관한 이야기였다.

그녀는 흐트러짐 없이 삶을 응시했다. 죽음을 코앞에 두고도 내밀하게 살아냈다. 죽음을 준비하는 과정이 자신이 살아온 삶과 일관되기를, 죽음까지 하나의 생으로 마무리되기를 바랐다.

평생 기획자로서 살아온 그녀답게 자신의 장례식을 기획했다. 장례는 죽는 자의 몫이 아니라 산 자의 몫이라서 그녀의 뜻대로 되지는 않았다. 그래도 목표를 정하고 사람들과 수없이 회의하고 수정해가는 기획자의 숙명처럼 그녀는 남편과 가족과 주변 사람들을 끊임없이 설득하고 조율했다. 그렇게 조금씩 유언을 남겼다. 누군가에게는 딸이 결혼하면 첫해 김장을 도와달라고 부탁하고, 누군가에게는 그녀의 버킷리스트 중 하나인 '떡갈비 만들어 나누기'를 대신해달라고 했다. 내게는 삼년간만 자신을 기억해달라고 했다. 딱 삼년이면 족하다고. 나는 그녀가 간 후 그녀를 기억하는 이들과 삼년간 모임을 가졌다. 그녀가 좋아한 노래 〈어느 60대 노부부 이야기〉를 들으며 그녀가 좋아하던 옥수수와 커피를 먹었다. 50대도 채 넘어보지 못하고 갔으면서 60대 노부부 이야기는 왜 그리 좋아했는지….

그녀가 스스로 움직일 수 있었을 때, 어린 시절 살았던 곳으로 혼자 여행을 다녀왔다. 그곳에서 자신을 기억하는 친구를 만나 세상이 본인을 어떻게 기억할지 알게 되었다고 했다. 사는 것이 뜻대로 안 돼서 꽤 힘들었는데, 돌아보니 자기 뜻대로 살았더라며 만족스러워했다. 여행은 그녀의 삶을, 그녀가 남긴 흔적을, 남겨질 기억을 어떻게 마무리할지 알려준 것 같았다. 그때부터 그녀는 고맙다는 말을 자주 했다.

그녀의 투병 소식을 듣고 많은 사람이 크고 작은 도움을 주었다. 그런 일은 아무에게나 주어지는 것이 아니라는 것을 알기에, 그동안 잘 살아왔다는 스스로에 대한 증명이기에 그리고 남은 생에 고마움만 남기기 위해 그녀는 그것을 기쁘게 받았다.

"미운 마음도 없지 않았는데 다행히 이제 고마운 마음뿐이야."

나는 그녀가 미웠다. 너무 순순히 내려놓는 것 같아서. 또 그녀가 고마웠다. 순순히 내려놓고 편안해지는 것 같아서. 죽음은 성큼성큼 선명하게 다가왔다. 그녀는 두려워하지 않고 애써 미루려 하지도 않았다. 그녀가 시간을 조금이라도 벌고자 했다면 이유는 오직 하나, 딸들에게 엄마의 흔적을 좀 더 남기기 위해서였다. 그녀는 마지막을 딸들의 간병을 받으며 그리도 바라던 살가움과 지긋지긋함을 나누었다. 간

병의 무게는 부모의 죽음조차 지겹게 만들 것이라며 이제 충분하다고 여겨질 무렵 그녀는 떠났다.

그녀가 떠나기 일주일 전, 그녀를 보러 갔다. 고통 속에 있는 그녀를 지켜보는 게 괴로워 일어서려던 때, 선망 속에서 헤매던 그녀가 갑자기 몸을 일으켰다. 그냥 누워있으라는 내 손을 잡고 그녀가 말했다.

"이 정도는 해야지."

그녀가 남긴 마지막 말이었다. 그 말은 그녀가 살아온 태도이기도 했다. 살면서 내내 그렇게 말하더니 가면서도 기어이 그 말을 하고 갔다. 나는 '이 정도는 해야지'라며 아득바득 살지 않고 '이 정도는 안 해도 되지'하며 오래오래 멋대로 살겠다고 다짐했다.

"언니, 죽기에는 조금 이르지 않아?"라고 그녀가 물었을 때, 나는 "너무 늦는 것보다 나아."라고 서리가 내리도록 차갑게 답했었다. 그녀는 천천히 고개를 끄덕여 온전히 받아들였다. 그녀를 향한 가장 따뜻한 마음이었음을 알아주었다. 버거운 삶의 끝에 온 죽음의 기회를 놓치지 않겠다며 그토록 반가이, 그토록 아쉽게 가는 죽음이라니. 그토록 단정한 죽음이라니.

그녀에게 한 말을 자주 후회했다. 너무 늦은 죽음이란 없다. 죽음은 언제나 이르다는 걸 그때는 몰랐다. 만약 그녀가 내 말을 듣는다면 그 후회조차 내려놓으라고 하겠지. 내일을 갈망하기에도 바쁜 생이라고.

봄이 되면 사위를 위해 도다리쑥국을 끓여달라고 그것만 해주면 된다고 그녀는 엄마에게 부탁했다고 한다. 그녀는 엄마라는 산을 넘었을까? 죽음은 그녀에게 엄마라는 강을 건너게 했을까? 애초에 그런 게 가능이나 할까? 윤회 같은 거 없이 흙이 되고 싶다던 그녀는 떠나면서 생을 기약했을까? 남은 자는 아무것도 알 수가 없다. 다만 가벼워 보이던 그녀를 기억할 뿐이다. 마지막 만나던 날, 고통 속에 잠든 그녀가 가끔 정신이 들면 고개를 끄덕이기도 하고 웃음을 띠기도 했다. 우리가 나눈 질문에 대한, 아직 살아가야 할 자에게 전하는 대답 같았다. 적어도 내 눈에는.

그녀의 부재는 엄마의 부재와 달리, 있었으므로 없어진 부재여서 다행이다. 없음에 마음 두지 않고 있었음에 감사하게 된다. 그녀가 가기 전 되뇌었던, 인생에 대해 남은 건 고마움뿐이라던 그 말이 내 삶에 스미기를 바라며.

이 글의 제목은 그녀가 정했어요

학부모회 일로 만난 그녀는 나보다 열 살쯤 어리다. 처음 우리집에 왔을 때, 들어서자마자 그녀는 "화장실 좀…." 하더니 화장실로 직행했다. 나는 티브이를 켜 소리를 크게 키웠다. 그녀는 그날부터 나를 좋아하게 되었다고 한다. 취향이 참 이상하다.

당시엔 몰랐지만, 갱년기가 시작된 때였던 것 같다. 몸과 마음이 한 번에 무너져 내렸다. 나도 싫고 사람도 싫고 세상도 싫었다. 집에 틀어박혀서 나가지 않았다. 불과 얼마 전까지만 해도 학부모회와 마을 일로 왕성하게 활동했는데 거짓 말처럼 아무도 나를 찾지 않았다. 그녀만이 나를 찾아왔다. 처음에는 학부모회 일을 상의하러 오나보다 했다. 그런데 학부모회 얘기는 거의 하지 않고 그냥 별말 없이 앉아 있다가 가곤 했다. 현관문을 들어서면서 "오늘은 1시간 정도 있을 거예요." 또는 "10분만 앉았다가 갈 거예요."라고 시간을 통보했다. 그녀의 시간에 맞춰 나는 그녀 앞에 있다가 다시 혼자가 되곤 했다. 뭐지? 왜 왔지? 궁금했지만 왜 왔냐고 물어보는 것조차 귀찮아서 그러려니 했다.

아이들은 학교 기숙사에 있고 주말부부여서 혼자 끼니를 해결해야 했는데 멍하니 있다 보면 어느새 날이 저물어버렸다. 어느 날 그녀가 벨을 눌렀다. 집에서 막 끓인 된장찌개를 한 보시기 들고서. 그 뒤부터 어둑어둑해질 무렵이면 수시로 그녀가 왔다. 문 앞에서 제육볶음, 김치 콩나물국, 볶음밥, 겉절이 등등을 쑥 내밀고 돌아갔다. 아무것도 하고 싶지 않고 아무것도 먹고 싶지 않던 그때 그녀가 아니었다면 나는 어떻게 연명했을까.

받아먹었으니 별수 있나. 나는 그녀를 조금씩 곰살맞게 대했다. 오면 오나보다 가면 가나보다 하던 태도를 바꿔 안부를 묻기도 하고 내 얘기를 하기도 했다. 어쩔 땐 그 누구에게도 할 수 없었던 마음속 이야기를 방언이 터지듯 쏟아내기도 했다. 그녀는 가만히 들어주었다. 그럴 때를 제외하곤 대체로 우리는 말없이 있었지만 전혀 불편하지 않았다. 예전에 남편과 카페에 가는 것이 낙이라는 사람을 만난 적이 있다. 도대체 카페에서 남편이랑 뭐하냐고 물어보면 그냥 각자 상념에 빠져있다는 거다. 말없이 있어도 불편하지 않은 사람이 남편이라서 같이 가는 거라고. 놀라웠다. 그런 관계는 영혼

의 단짝만이 가능한 거 아닌가. 평소 남편에게 그런 거 바라는 거 아니라고, 영혼을 나누는 건 친구랑 하는 거라고 역설해오던 나로서는 몹시 신기했다. 아무튼 그 어려운 일을 그녀와는 아무렇지 않게 할 수 있다.

어느 날은 그녀가 진지하게 말했다. 내가 좋다고. 왜 나이 많은 아줌마를 좋아하는지 자기도 모르겠다고. 사춘기 때 짝사랑하던 남자애 이후로 처음이라며 어깨를 으쓱했다. 정말 이상한 취향의 소유자임에 틀림없다. 나도 어깨를 으쓱해주었다. 그것 말고는 할 수 있는 게 없었다. 다만 사람이 사람을 좋아하는 데에는 이루 말할 수 없이 다양한 방식이 있구나 생각했다. 그 사랑이 닥치기 전에는 스스로도 알 수 없는 게 사랑이고 세상에 존재하는 사람의 수만큼이나 다른 게 사랑이니까. 불편하거나 싫지는 않았다. 아니, 너무 불편하지 않아서 미안했다.

이렇게까지 맹목적으로 나를 아껴주는 사람은 그녀가 유일한 것 같은데 내 마음은 그저 고마움뿐이었다. 본인의 감정일 뿐이니 미안할 필요 없다고 하니 더 미안했다. 상대가 좋아하는 걸 뻔히 알면서도 가만히 있는 것은 이기적이며 상대의 감정을 즐기는 것뿐이라고 생각했었는데, 겪어보니 그건 무심한 거였던 모양이다. 일방적인 애정을 받아본 게 처음이어서 그걸 이제야 이해하는 내가 웃겼다. 그나저나 나는 왜 받는 사랑이 처음이라고 생각하는지 모르겠다. 가족도 있고 남편도 있고 친구도 있는데, 왜 여전히 받는 사랑을 경험하지 못했다고 느끼는 걸까? 이런 걸 궁리하고 있는 내게 그녀는 그저 자신의 사랑이 내 자존감에 조금이나마 도움 되기를 바란다고 했다.

어떤 친구는 세상에 공짜는 없다고 나중에 준 만큼 요구 하거나 혹은 뒤통수 맞을 수 있으니까 조심하는 게 좋겠다고 했다. 그럴 수도 있겠지, 그래도 할 수 없지, 뭐. 받은 게 너 무 많아서 위험을 감수하는 이들을 조금 이해할 것도 같다. 다행인 건 10년 동안 그녀는 뒤통수를 치지도 뭔가를 내놓으 라고 요구하지도 않았다. 전처럼 자주 보지 못하는데도 그녀 는 변함없는 마음을 보여준다.

그녀의 맹목적인 사랑이 마냥 좋기만 하게 된 것은 작가 가 되면서부터다. 글이 한 편 완성되면 제일 먼저 그녀에게 보낸다. 센스가 남다른 그녀에게 제목을 정해달라고 하는 데, 사실 제목보다 더 필요한 것은 그녀의 전폭적인 지지다. 그녀는 내가 감당할 수 있을 만큼 광분한다. 그녀의 응원이 나를 지탱하게 한다. 이번에도 광분해줄 거지?

세상에 없는 정답의 대안

아이가 어릴 때, 대안학교 여러 곳을 돌아다니며 학교 설명회
를 들었다. 결정을 못 하고 망설이던 중 그녀에게 물었다. 왜 몇
번 보지도 않은 그녀에게 물었는지는 기억나지 않는다. 아무튼
그녀의 답이 이랬다.

"저렇게 정성스럽게 대하는 법을 배운다면 괜찮은 교육이 아
닐까요? 저는 그걸로 만족합니다."

그녀 덕에 나도 어렵지 않게 선택할 수 있었다. 하지만 정성스
럽게 대하는 것 외 다른 부분은 부모의 몫이라는 걸 그때는 몰았
다. 자녀에게 필요한 모든 교육을 학교에 다 떠넘기려는 부모의

무지 때문에 학교가 허덕이고 아이도 이리저리 방황한다. 대안학교뿐 아니라 어떤 학교든 마찬가지. 그래서 선택한 또 하나의 기준이 '학부모 교육을 중요시하는 학교'였다.

아이를 대안학교에 보낸다는 것은 부모 스스로 대안적 삶을 살며 대안사회를 만들어야 한다고 생각했다. 하지만 여럿이 마음을 맞춰 대안사회를 이루는 건 쉬운 일이 아니었다. 대안적으로 사는 것에 대한 답도 딱히 찾지 못했다. 아이를 일반 학교에 옮기고 한참 지난 어느 날, 자녀를 홈스쿨로 가르친다는 사람을 만났다. 내가 찾지 못한 답을 그는 찾았을까 궁금했다. 그는 단호히 말했다.

"나는 내 땅 안에서 생태적으로 삽니다. 그러기 위해 땅을 사고 늘려갑니다. 아이들에게도 자신의 땅을 넓히며 생태적으로 살라고 가르칩니다. 우리가 만드는 생태공간이 언젠가는 사회적으로도 대안이 될 것입니다."

답을 듣고 나니 대안이 아주 가깝게 느껴졌다. 세상에 정답은 없는데 나는 정답을 찾으려 애썼던 것 같다. 각자의 답으로 여러 대안을 만들어가고, 그것이 정답으로 받아들여질 수 있는 사회, 굳이 '대안'이라는 말이 필요 없는 사회가 오기를.

기쁨 한 다발 들고서 안녕?

반 발짝 정도는 앞서거니 뒤서거니 하는 게 친구들 사이
인데, 그녀는 항상 나보다 한 발짝 앞선다. 한두 살 어려도(서
너 살인가?) 모든 면에서 나보다 앞서갔다. 결혼도 먼저 했고
아이도 먼저 낳았고 인생에서 배워야 할 지혜도 먼저 터득해
서 나아간다. 그녀는 노련한 엄마다. 아이와 노는 법, 사랑을
전하는 법, 신뢰감을 주는 법 등을 나는 그녀를 통해 배웠다.

우리는 첫째 아이가 다니던 대안학교에서 만났다. 첫째와
그녀의 둘째가 같은 학년이었고, 둘째와 그녀의 셋째가 같은
젖먹이였다. 우리는 수공예나 나들이 모임 등을 같이 했는

데, 그녀의 집은 꽤 멀어서 아이들 등굣길에 우리집에 와서 종일 같이 보내는 날이 많았다.

처음 우리집에 오던 날, 그녀가 현관 앞에서 개망초 한 다발을 들고 "안녕?"하며 웃던 모습이 기억난다. 치아를 환하게 드러내며 웃는 입매와 맑은 눈, 적당히 뾰족한 콧날. 아이 낳고 살짝 통통해진 몸, 헐렁한 수유복 등이 어우러져 순박하면서도 사랑스러운 모습이었다. 눈이 유난히 반짝인다고 여겨지면 이미 마음을 빼앗긴 거다. 그날 그녀의 눈빛이 여름밤처럼 빛났다.

그녀는 진정 아이를 예뻐할 줄 알았다. 제 새끼가 예쁘지 않은 부모는 없겠지만 대부분은 부모로서 해야 할 적당한 표현법을 잘 모른다. 과하지도 부족하지도 않게 아이가 사랑받고 있다고 충분히 느끼게 하면서 부모 역시 충만함을 느낄 수 있게 표현하는 방법을 그녀는 알았다.

나는 아이와 놀아주노라면 금세 진이 빠져서 '이제 혼자 놀았으면'하고 쉽게 소홀해졌다. 그녀는 자기 할 일을 하면서 아이의 놀이에 적절히 참여하고 즐거워하기까지 했다. 설거지하면서 아이의 친구가 되어주고 나란히 줄 세워놓은 자동차 중 하나가 되어서는 깔깔 웃었다. 아이가 떼를 써도 화내지 않았다. 아이의 감정은 공감하되, 안 되는 것은 떼를 써도 안 되는 거라고 단호하지만 부드러운 목소리로 말했다. 어른이 말을 번복할 때 아이들은 어른에 대한 실망감을 느끼고 그 실망이 이어져 세상에 대한 불신이 생긴다고 한다. 그녀는 아이가 가져야 할 세상에 대한 신뢰감을 지켜나가는 어른이었다.

아이들 학기 중에는 주로 우리집에서 만났다면 방학에는 그녀의 집에서 며칠씩 묵었다. 그녀의 소탈한 밥상이 생각난

다. 나는 가끔 내 끼니조차 귀찮아하는데 그녀는 숨 쉬듯 자연스럽고 편안하게 매일의 밥상을 이어갔다. 아침이면 해가 뜨고 밤이 되면 달이 뜨듯 당연하게 된장찌개를 끓이고 물김

치를 담갔다. 나는 옆에서 수저를 놓으면서 호박을 썰거나 열무를 다듬을 때 야무지게 윗입술을 오므리던 그녀의 입을 빤히 바라보곤 했다. 그 뒤로 나도 무언가를 집중할 때마다 윗입술을 오므리는 습관이 들어버렸다.

그녀는 대학 4년 내내 등록금과 생활비를 스스로 감당하면서 돈벌이의 고달픔을 잘 알게 되었다고 한다. 그래서 온전히 아이만 키울 수 있게 해준 남편에게 감사하다고 했다. 순간 부끄러웠다. 그때 나는 독박육아에 대한 불만으로 남편을 원망하고 있었다. 실은 아이가 세 살이 될 때까지 내 손으로 아이를 키울 수 있기를 간절히 바란 사람은 나였고 남편은 외벌이하며 내 바람을 이루게 해주었는데 말이다. 물론 독박육아는 힘들고 고통스러운 일이다. 하지만 내가 누리는 아이와의 친밀감을 남편은 누리지 못하고 있다는 사실은 잊고 있었다.

나는 그녀에게 물들어 갔다. 가진 것보다 가지지 못한 것을 더 아쉬워하며 결핍에 집착했던 내가, 감사라는 말을 상투적인 표현으로 치부했던 내가 그녀를 만나면서부터 마음 깊이 감사의 기쁨을 품을 줄 알게 되었다. 그 괴롭던 육아와 속박의 시간도 내 인생에서 가장 소중한 시절로 기억하게 되었다. 그녀가 나를 사람으로 만든 셈이다. 된장찌개에 쑥과 마늘을 잔뜩 넣었는지도.

그녀는 또한 나의 숨은 욕구를 알아챈 유일한 사람이었다. 당시 학교에서는 학부모의 참여가 많이 필요했다. 나는 남 앞에 서는 것을 누구보다 두려워해서 주로 뒤에서 조력하는 편이었는데 그녀는 "당신은 참모형이 아니라 리더형이야."라며 직접 행동하라고 조언했다. 처음에는 나를 그렇게 모르나 싶어 서운했다. 그런데 결과적으로 그녀의 말이 맞았다. 얼마 뒤 나는 진짜 리더형의 삶을 살게 되었다. 그녀의 조언이 없었다면 나는 끝내 용기를 내지 못했을 것이다. 어쩌면 내 성질에 못 이겨 속병이 났겠지.

여러 사정으로 우리 아이들은 끝까지 대안학교를 다니지 않았다. 그녀도 나도 이사 가면서 우리 사이는 점점 멀어졌다. 하지만 어려운 일이 닥칠 때마다 그녀라면 어떻게 했을까, 생각하며 지혜를 구하곤 했다.

지난여름, 갑자기 그녀가 생각났다. 전화를 받지 않아서 문자를 보냈다. 한 시간 뒤, 전화가 울리고 "안녕?" 하는 다정한 목소리가 들려왔다. 문을 열면 그녀가 개망초를 들고 서 있을 것만 같았다. 와락, 웃음을 터트렸다. 인간은 왜 매번 똑같은 유형에게 반하는가? 나는 또 그녀에게 반한 것 같다.

벚꽃보다 효과 있는 시큰둥한 위안

"불안증이 도졌어."

그녀의 전화다. 등이 아파서 한의원에 갔더니 신장이 안 좋아서 그런 거라고 했단다. 그동안의 경험으로 크게 심각하지 않다는 건 안다. 그녀가 몸의 변화에 민감한 거다. 갑상선 수술 후 칼슘 수치가 정상으로 올라가지 않아 영양제 용량을 급격히 늘렸는데, 그 탓일까 의심했다. 새로운 발병은 언제나 불안을 몰고 온다. 아프면 병원 가서 약을 먹거나 치료를 받으면 나아지는 몸이 아니어서 더 그렇다. 우리가 겪는 몸의 변화와 통증은 의사도 잘 모르는 경우가 많다. 의사

도 어찌하지 못하는 통증을 앓는 몸은 서글프다. 그녀와 나
는 주로 이런 대화를 나눈다. 아픔과 질병과 불안에 대하여.

"용량을 늘려도 문제없을 거라고 했는데….."
"의사들이야 당연히 문제없게 치료하지. 문제는 우리 몸
이야. 우리 몸이 평균에 미치지 못하니까 의사의 예상을 벗
어나는 거지. 의사에게 기대기는 해도 전적으로 믿으면 안
돼. 우리 몸을 제일 잘 아는 사람은 우리 자신이야."

의사가 들으면 기절하겠지만 실제로 그런 일들을 수없이
겪어왔다. 엊그제도 그랬다. 별문제 없이 맞던 침이 염증을
일으켰다. 한의사는 아무리 면역력이 떨어져도 침 때문에 염
증을 일으키는 사람은 못 봤다고 일시적으로 금속 알레르기
가 생긴 것 같다고 했다. 그럴지도. 하지만 결국 그것도 면역
력 문제 아니겠나. 며칠 전 내 손톱에 살짝 긁힌 상처가 덧나
기어이 후시딘을 바르고서야 나았다. 대체로 침은 안전하지
만 때로 내게는 그렇지 않기도 하다. 주의하는 수밖에 없다.
나는 내 몸의 전문가다.

"영양제를 끊어야 할까?"

그녀는 의사와 상의할 문제를 나와 상의한다. 의사의 답을 뻔히 알기 때문이다.

"글쎄, 영양제 때문은 아니겠지만 오래 먹은 건 사실이니까 잠시 끊어보는 건 어때? 어쩌면 트리거가 되었을 수 있으니까."

"영양제 때문이 아니라면 왜 신장이 나빠졌을까?"

"우리 나이에는 언제든 신장이 나빠질 수 있잖아."

"그건 그래."

그녀가 과거를 후회하고 자신을 탓하지 않기를 바란다. 그때는 최선이었지만 지금은 아닐 수도 있는 일이 허다하다.

"네 몸이 보배다. 민감하게 알아채고 그만 먹으라고 알려주니."

"그래. 참 고맙기도 하지."

"나도 불안증이 도졌어…." 이번에는 내 문제를 꺼낸다.

"그림책 작가가 되겠다고 마음먹은 지가 언젠데, 이대로는 비전이 안 보여. 밤마다 불안이 찾아와. 아마 봄이라서 더 그런가 봐."

아무 의미 없는 생에 어떤 의미를 만들어 가고 싶은 마음과 쉬이 가라앉지 않는 욕구의 부대낌. 그림책 작가가 되고 싶어 오래 별렀다. 그런데 얼마 전에 계약한 그림책이 엎어졌다. 이제 어쩔 것인가. 그림책 작가 양성 과정 같은 데를 다녀볼까. 분명 도움은 되겠지만 몸은 비명을 지를 것이다. 뻔히 끝이 보이는 데도 고민하는 건 한 권이라도 내면 스스로를 덜 괴롭힐 것 같아서다.

"그 거짓말에 속지 마. 욕심은 거기서 끝나지 않아. 한 권 내면 두 권 내고 싶고 그림책 작가가 되면 또 다른 무엇이 되고 싶을 거야. 그림책 작가 천둥 말고 그냥 천둥으로 충분해."

그녀가 단호히 나의 미망을 잘라낸다.

그녀의 말을 입안에 굴려본다. '그냥 천둥' 그것으로 충분하다. '작가가 되겠다'고 안달복달하지만 않으면 그냥저냥

평온한 삶이다. 아무개로 살 것. 아무개가 되어 작가든 뭐든 존재 자체로 만족할 것. 찰나를 영원으로 다지며 놓쳤던 순간을 천천히, 자세히 들여다볼 것. 내가 가질 수 있는 만큼만 욕망하고 더 갖겠다는 욕심이란 놈을 다스릴 것. '꿈'을 도달해야 할 종착역이 아닌 지나가는 여행지로 여길 것. 누군가 인정하고 불러주는 그림책 작가가 아니라 그림책을 읽고 쓰고 누리는 삶도 있다는 걸 잊지 말 것.

"내가 또 불안해하면 그 말 다시 해줘. 그냥 천둥으로 충분하다고."

몰랐던 말은 아니지만 타인에게 들으며 위안받고 싶다. 그녀는 걱정말라고 언제든지 해주겠다고 한다. 그녀와 나는 불안을 덜어주고 갈망을 다독일 줄 아는 아무개들이다. 사실 처음부터 그녀와 잘 맞았던 것은 아니다. 서로의 영역과 안전감을 느끼는 기준이 달라서 많이 삐거덕거렸다. 시간이 쌓이면서 서로의 진심을 알게 되고 뒤늦게야 편안하게 의지하게 되었다.

"벚꽃 봤니? 지금 한창인데."

십 년쯤 만나면 갑작스러운 대화 전환이 아무렇지 않다. 멀리서 살면서 옆에 사는 이웃보다 더 시시콜콜한 대화를 나눈다.

"봤지. 좋더라."

벚꽃으로도 중년의 식은 온기를 되살릴 순 없어 시큰둥
하다.

"이 좋은 걸 같이 볼 사람이 없어."

"다 그래. 다른 사람들도 같이 볼 사람이 없으니까, SNS에
사진 올리는 거야."

시큰둥하면서 시시콜콜한 사이가 가장 오래 간다. 우리의
대화는 벚꽃으로 시작해서 '호모 SNS'의 고독과 가상 세계를
논하다가 부모님의 병세와 치매, 중장년 정책으로까지 이어
진다. 시시콜콜함이 실효성 있는 수다를 보장한다.

"그래, 그럼 쉬어."

언제 만나자는 말도 없이 전화를 끊는다. 만나자는 약속
이 무의미하다. 우린 늘 만나고 있으니까.

그녀의 부탁을 부탁해

　그녀의 엄마가 돌아가셨다. 돌아가시기 전까지 그녀는 더할 나위 없이 엄마에게 잘했다. 엄마가 철석같이 믿고 자랑스러워하고 모든 걸 물려주고 싶어 하는 아들 둘과 철마다 보약 해먹이며 아끼던 며느리도 있지만 엄마의 곁은 딸인 그녀가 지켰다. 그녀는 엄마가 돌아가시기 전날까지 무엇을 해드리면 입맛이 조금이라도 살아나실까 궁리했다. 엄마는 한 입도 채 못 드시는 상태였지만 그 한입을 위해 좋다는 건 뭐든지 사다가 죽을 끓였다. 아들과 며느리도 잘했지만, 그녀가 없었더라면 아마 누군가는 서운함과 버거움에 돌아섰을

지도 모른다.

엄마가 며느리에게 인삼이며 영지버섯 해먹일 때, 그녀는 결핵에 걸린 상태였다. 잘 먹어야 낫는다는 결핵에 걸린 딸보다 오로지 며느리에게 정성을 쏟는 엄마를 그녀는 이해하기 어려웠다. 하지만 엄마를 탓하기보다 기대에 못 미친 자신을 탓했다. 도대체 그 기대라는 것이 뭔지는 모르겠지만. 맏딸에 대한 기대는 대체로 실체가 없다.

어쨌든 엄마는 마지막 날까지 아들을 찾았고, 딸에게는 아들보다 유산을 적게 가질 것을 약속하게 했다. 하지만 부모가 아무리 다르게 주고 싶다고 해도 그런 어그러진 부모의 사랑을 법으로 막아놓았기에 그녀에게도 엄마의 흔적이 정당하게 남겨졌다. 그녀는 생각보다 덤덤했다. 할 만큼 했기에 아쉬움도 후회도 그리움도 없다고 했다.

"엄마에게 주는 것으로 내 부족함을 대신 채웠던 것 같아. 그러니 진정한 의미의 효는 아니야."

아직도 무엇이 부족해서 엄마의 마음을 사지 못했을까 돌아보게 된다며 그녀는 자신을 자책했다.

예부터 자효(慈孝)라고 했다. 자식의 효는 부모의 자(慈)에서 비롯된다. 자식에게 효의 도리를 말하려면 부모의 자애로움이 선제되어야 한다는 말이다. 그런데 자애로움을 보이지 않은 부모가 자식에게는 효를 강요하곤 한다. 이제는 자식의 입장보다 부모의 입장이 더 공감되는 나이가 되었지만, 여전히 우리는 효의 강요에 마음이 멀어진다. 강요한다고 강제되지 않고, 행복했으므로 받을 것이 없으니, 준 것은 다 잊기로 한다.

시간이 흘러 이제 그녀의 시어머니가 누군가의 손을 빌려야 할 때가 왔다. 그녀의 남편과 형제들이 나섰다. 그런데 시어머니는 며느리, 특히 그녀의 손을 원했다. 받는 데 익숙한 사람은 주는 데 익숙한 사람을 귀신같이 알아본다. 또 주는 것이 마음 편한 사람은 기어이 주는 삶을 산다.

"인류애는 갖되 휘둘리지는 말아."

나는 그녀가 안타까웠다.

"중심을 잃지 않으려고 애쓰는 중이야."

이런 대화를 나눌 때면 '업보'라는 게 실재하기를 바라게 된다. 아낌없이 주는 사람에게 주어질 업보와 받기만 한 사람이 받을 업보 말이다. 감내해야 할 업보에 지치지 않기 위해 우리는 평소 웃긴 이야기를 잘 쟁여두었다가 수시로 나눈다. 서로에게 일어난 가장 좋은 이야기부터 남편의 어처구니

없는 무심함, 내놓고 말하기 어려운 갱년기 변화와 실수, 그
것을 대처하는 방만한 우리의 자세까지. 깔깔깔 박장대소하
는 시간으로 무거워진 어깨를 탈탈 털어낸다.

"사람들이 나만 보면 자꾸 부탁을 해. 우리 엄마 잘 부탁
해요, 우리 형 잘 부탁해요, 내 친구 잘 부탁한다. 왜 자꾸 나
한테 부탁하는 걸까? 나를 부탁하는 사람은 아무도 없어. 나
도 누가 부탁 좀 해줬으면 좋겠어."

"네가 그만큼 잘살고 있다는 얘기지."

말은 그렇게 했지만 나는 결심했다. 언제든 기회가 되면
그녀의 안위를 부탁하리라. 그녀의 남편을 만나 "그녀를 앞
으로도 잘 부탁합니다. 오래오래 그녀가 먼저 갈 때까지 건
강하셔야 해요. 먼저 눕지만 마세요, 그거면 돼요."라고 그

녀의 평안을 부탁하리라. 그녀의 아들을 만나 "너희 엄마 잘 부탁한다. 자주 전화해. 좋은 걸 보면 엄마 생각이 났다고 말해줘. 대단한 걸 해주지 않아도 돼. 엄마가 내 엄마라서 좋다고 말해주면 돼."라고 등을 도닥이며 그녀의 안녕을 부탁하리라. 또 친구들을 만나 "그녀를 잘 부탁해. 초저녁잠이 많으니까 빨리빨리 집에 들여보내고 대신 자주 불러 귀찮게 해줘." 술 한 잔 권하며 그녀의 웃음을 부탁하리라.

"언니, 친구 와이프가 같이 먹던 김치를 싸주더라. 내가 맛있게 먹는다고. 기분이 묘했어."

그녀는 언제나 본인이 먼저 챙겨주고 베푸는 입장이었지 누군가에게 받아본 경험이 별로 없다. 그렇다면 그것도 우리끼리 해보는 수밖에. 차 한 잔을 마셔도 헤어질 땐 조각 케이크라도 챙겨주고, 밥 한 끼를 먹어도 잘 먹던 청국장이라도 한 뭉치 쥐여줘야지. 그렇다고 든든한 비빌 언덕까지는 못 되겠지만 우리끼리라도 인류애를 나눠야지.

우리는 때로 가족 아닌 그 밖의 관계에서 삶의 의지를 회복하기도 한다. 가족에게 바라고 상처받고 절망하기보다 먼저 마음이 가는 이들과 다정함을 나눠야지. '가족애'를 대신할 새로운 언어의 발명이 시급하다. 나는 우선 그것을 '인류애'라 부를 것이다.

같이 지켜내는 가치

지역에서 마을공동체 활동을 할 때 그녀가 찾아왔다. 서울의 한 문화재단에서 일하던 그녀는 본가에 왔다가 우리의 활동을 알게 되었다고 했다. 우리는 문화재단에서 일하는 그녀를 부러워하고 그녀는 새로운 마을문화를 만들어내는 우리를 부러워했다.

얼마 후 그녀가 영국으로 유학을 간다는 소식이 들려왔다. 나는 그녀가 어떤 공부를 하러 가는지 무척 궁금했다. 나이도 있고 (당시 그녀는 40살이었다. 지금 생각하면 다시 공부하기 딱 좋은 나이다), 영어도 공부해야 하는데(모든 수업을 녹음해서 반복해서 들었다고 한다) 안정된 회사를 박차고 나와 그동안 모은 전 재산을 털어야 할

만큼 배우고 싶은 공부가 뭔지 궁금했다. 그녀가 배우려는 공부는 바로 마을공동체였다.

"부럽다더니. 진짜였나 보네. 제대로 배워 와서 우리에게도 전수해줘요."

우리는 그녀를 응원했다.

다시 만났을 때, 그녀는 영국 유학을 마치고 보육원 퇴소청년의 자립을 지원하는 프로젝트를 하고 있었다. 요즘은 여러 매체에서 후원 광고도 나오는 등 많이 알려졌지만, 그때만 해도 보육원에서 보호 종료되는 순간 무작정 밖으로 내보내진다는 사실을 전혀 몰랐다. 하지만 뜬금없이 마을에서 보육원이라니? 그녀의 열정이 참으로 맥락 없다고 생각했다.

책 모임에서 《간송 전형필》을 읽은 적이 있다. 간송은 일제강점기에 우리 문화를 지키고자 전 재산을 털어 일본으로 유출되는 문화재를 수집한 인물이다. 내가 만일 간송이라면 인생을 바쳐 무엇을 지킬 것인가 돌아보다가 그녀가 떠올랐다. 전 재산을 바쳐 공부한 마을 공동체, 마을을 지키는 일, 마을을 이루는 아이들. 순간 그녀가 왜 마을에서 보육원으로 넘어갔는지 충분히 이해되었다. 한 아이를 키우려면 온 마을이 필요하다고 하면서 한 아이를 지키는 일은 하지 않는다. 마을공동체는 한 아이를 지키는 것으로부터 시작되는데.

차숲으로 이어진 사이

동화 작가 권정생 선생님의 추모식이 대전의 한 책방에서 열린다는 소식을 듣고 친구 H와 참석했다. 많은 사람이 책방을 가득 채우고 있었는데, 우리 두 사람 빼고 전부 관계자여서 조금 뻘쭘했다.

행사가 끝나고 식당에 갔다가 그녀를 만났다. 조금 전까지 걸판지게 소리를 하던 그녀는 멀리 해남에서 왔는데, 권정생 선생님을 사랑하는 남편 덕에 공연까지 하게 되었다고 한다. 식사를 마칠 무렵 그녀가 좌우를 둘러보며 말했다.

"내려가는 차에 자리가 두 개 비네요. 저희 다원에 같이

가실 분? 재워드리고 먹여드리고 놀아드립니다. 다시 없을
특별기회입니다."

그녀의 갑작스러운 초대에 다들 설렌 표정이었지만 아무
런 준비 없이 무작정 따라나서기란 쉽지 않은 일이다. 이런
저런 내일의 일정을 떠올리며 아쉬워하는데, H가 내게 물었
다. 갈래? H는 당연히 내가 거절할 줄 알았던 모양이다. 하
지만 나야말로 안 될 이유가 없는 사람이 아닌가. 그래 가
자. 나의 대답에 H의 눈이 휘둥그레졌다. 그래도 체면이 있
지, 한번 뱉은 호기를 거두어들일 H가 아니다. 그럼, 가자!

우리는 그렇게 해남으로 향하게 되었다. 사람들은 부러
움 반, 뜨악함 반으로 우리를 배웅했다. 내려가는 차 안에서
야 비로소 통성명하고 서로에 대해 알아갔다. 고속도로를
한참 달려 컴컴한 산길로 접어들 무렵, 그녀는 함부로 모르
는 사람을 따라오다니 큰일 나겠다고 놀려댔다. 우리는 아
무나 집으로 끌어들이다니 사람 무서운 줄 모른다고 되레 큰
소리쳤다.

차에서 내려 하늘을 보니 달이 머리 꼭대기에 떠올라 있
었다. 자정 무렵쯤 된 것 같았다. 그녀의 집은 산 아래 차숲
(그녀는 차밭이 아니라 '차숲'이라고 했다. 대량생산을 위해 조성한 차

밭과는 다르다고) 속에 있었다. 대전의 책방만큼이나 큰 서가가 딸린 집이었다. 책장만 봐도 그 사람을 알 수 있다고 하더니 역시 그랬다. 우리는 살아온 길목마다 같은 방향을 바라보고 있었음을 대번에 알아보고 새벽까지 술잔을 부딪쳤다.

다음날 그녀는 차숲 여기저기를 구경시켜 주었다. 매일 매만지고 공들여 키운 티가 역력했다. 곳곳에 있는 작은 오두막집과 흙집, 돌집 등을 전부 부부가 직접 지었다고 했다. 차나무 주변으로 메타세쿼이아 산책길과 작은 습지도 있었다. 왠지 기시감이 들었다. 그녀에게 물었더니 역시나 《월든》의 호숫가 숲속처럼 만들고 싶었단다. 소로처럼 혼자가 아니라 생태적 삶을 누리고 싶은 이들과 함께 하고 싶었다는 그녀의 표정에 쓸쓸함이 묻어났다.

부부는 그곳에서 나고 자랐지만, 손바닥만 한 밭뙈기 하나 없었다. 그런 그들이 농민운동에 몸을 담근 건 당연했다. 우리나라 농민 운동사의 역사적 장면마다 그들 부부도 있었다. 그들은 농민 활동을 하면서도 밭을 일구고 산을 일구고 숲을 이루었는데, 정작 함께 누릴 사람이 없었다. 좋은 세상을 꿈꾸던 이들은 다 어디로 갔을까.

낯설지 않은 상황이다. 각자의 자리에서 민주사회를 염원하며 실천적 삶을 살아가던 사람들이 언젠가부터 혼자 남겨졌다. 신념 하나로 똘똘 뭉쳤던 이들이 서로의 이해가 달라서 또는 상황이 달라서 뿔뿔이 흩어져버렸다. 그럼에도 그녀처럼 자신만의 해방구를 만드는 사람들이 있다. 사회를 바꾸지는 못해도 자기 삶만큼은 뜻대로 살기 위해 크고 작은 노력을 멈추지 않는다.

다시 그녀를 찾은 것은 두 해나 지난 후였다. 곁에 사람이 없다던 그녀는 새로운 시도를 하고 있었다. 바로 '디지털 마을'. 물리적 거리는 있지만 심적 거리는 가까운 이들과 온라인으로 마을을 이루는 일이다. 우리는 온 마음으로 그녀를 응원하고, 갖가지 아이디어를 마구 던졌다. 마을 이장과 통장, 반장 등 모든 마을주민의 간부화를 하라, 이곳에서 불리고 싶은 자신의 이름과 마음 나이를 정해서 주민증을 만들어라, 마음 나이가 어린 이는 어린이로 대하라, 마을 화폐를 만들어 통용시켜라 등등. 그녀는 기쁜 마음으로 우리의 아이디어를 받아 적었다. 즐거운 상상과 망상이 뭉게뭉게 피어오르는 시간이었다. 아직은 상상이지만 언젠가는 이뤄낼 그녀(와 우리)의 세상이기도 했다.

그러다 갑자기 그녀는 제를 올리자고 했다. 마침 그날이 칠월칠석이었는데, 신화 속 날짜에는 나름의 의미가 있는 거 아니겠냐며 차숲의 주인답게 차를 정성껏 우렸다. 우리는 그녀가 우려준 차를 받아들고 산신을 향해 절을 했다. 태초의 인류도 우리와 비슷한 몸부림으로 의식을 만들어갔으리라. 아무런 근거도 족보도 없는 제를 진심을 다하여 올리다니 좀 웃기기도 했지만, 그게 그녀의 방식이라면 얼마든지 따르고 싶다. 또 몇 년이 지난 후에야 우리는 만나겠지만, 산신을 통해 이어진 사이니까 언제 만나도 반갑게 연결될 것을 믿는다.

창작 '쫌' 합니다

충전기처럼 에너지를 채워주는 모임이 있다. 창작모임, '쫌'. 창작 좀 하자고 '쫌'이다. 중간에 잠시 휴식기도 있었지만 2017년부터 꾸준히 만나고 있다. 서로의 창작 정신에 반해서 물개박수를 쳐주는 게 주 활동 내용이자 모임의 전부다.

김작가

김 작가가 우울해졌다. 누군가 김 작가더러 우울해서 싫다고 했단다.

"내가 우울하기도 하지만 항상 우울한 건 아니잖아. 유쾌

할 땐 또 유쾌하잖아. 사람들에게 뭔가 해주는 걸 좋아하기도 하잖아. 근데 어떻게 그럴 수 있어? 서로 그 정도는 감당해줘야 하는 거 아니야?"

그렇게 잘 알면서 그녀를 모르거나 알고자 하지 않는 사람의 말만 듣고 우울해하다니. 바보, 김 작가. 물론 그녀를 탓할 수는 없다. 그런 말을 들으면 누구나 우울할 테니까. 실제로 그녀는 자주 우울하다. 그녀는 우울로 만들어졌다고 해

도 과언이 아니다. 그녀의 정체성이나 다름없다. 정세랑 작가의 말대로 '그녀의 우울은 그녀의 지성을 낳고' 예술적 감각을 낳고 위트를 낳는다. 밤마다 넘실넘실 타고 올라오는 우울과 싸우면서 그림을 그리고 글을 쓴다. 그리고 아침이면 가족을 부양하는 생계형 인간이 되어 일터로 나간다.

그녀의 업사이클링 작품을 보면 그녀의 생존력이 느껴진다. 누군가 버린 것들에 미련을 덕지덕지 쌓는다. 동시에 전사처럼 가차 없이 부숴버린다. 근육과 관절을 바쳐서 뚝딱뚝딱 갈고 덧씌워서 새로운 것, 세상에 없던 것, 처음 보는 것을 탄생시켜서 그녀만의 가치를 부여한다.

그녀의 예술가적 기질은 감자나 비눗갑 같은 일상의 소재로 쓴 시에도 고스란히 드러난다. 그녀의 말은 있는 그대로 노래가 되고 시가 된다. 그림을 가르쳐줄 때면 "사람이다, 사람이다, 되뇌면 사람이 되는 거야."라고 말도 안 되게 설명하는데, 실제로 그것은 똥손을 금손으로 만드는 진짜 비법이기도 하다.

그래서 김 작가는 김 작가다. 다른 수식어가 필요 없다. 그녀의 삶 자체가 작품 활동이다. 그런 그녀이기에 우울함이 그녀를 덮칠 때면 지치고 소진될지라도 기꺼이 감내할 수밖에.

하이디

늘 바빴던 하이디는 조금 지친 상태로 모임에 와서 항상 한발 물러나 있는 듯 보였다. 코로나를 맞아(?) 쉬는 시간을 누리고 난 후에야 한껏 '하이디'스러워졌다. 그녀의 목소리는 요들송을 불러도 될 만큼 하이톤이어서 순식간에 에델바이스 가득한 들판으로 우리를 데려간다.

그녀는 우리 모임의 (아직 편집할 창작물은 없지만) 편집장이다. 그녀의 감각을 믿고 우리는 마구 던진다. 어떤 의견을 내도 그녀는 사각사각 그려나가고, 지웠다가 또 새로 그려나간다. 그녀의 뇌는 연필로 그려져 있을 것 같다.

그녀는 우쿨렐레를 가르친다. 그녀의 손가락에서는 음표를 찾아볼 수 없다. 웃음소리처럼 자연스럽고 편안한 그녀와 달리 나는 튕기는 현마다 침몰선처럼 가라앉아 버린다. 수강생이던 나를 그녀가 하루빨리 잊었으면 좋겠다. 음악에 대해 아무것도 알지 못하면서 음악을 만드는 그녀에게 맹목적인 존경심이 솟아오른다.

그녀가 내 글을 읽고 노래를 만들어줬다. 그녀의 음악에 내 글을 싣다니, 꿈만 같다. 앞으로도 우리는 글과 음악으로 콜라보하기로 했다. 책이 나오면 꼭 북 콘서트를 해야지. 기대하시라~.

나무

나무와 매주 시 쓰기를 한 적이 있다. 그녀의 상상력은 어디로 튈지 모르는 럭비공 같다. 한번은 아직 탈고하지 않은 그녀의 시를 다듬어보겠다고 요리조리 건드려 본 적이 있는데, 그만 시가 아니게 되었다. 그녀의 시는 던져진 그대로 너무나 그녀다워서 건드릴 게 없다. 그녀는 엉덩이만 붙이면 글이 나온다고 해서 우리를 놀라게 했다. 물론 우리도 엉덩이를 붙이고 컴퓨터를 째려보는 것부터 시작은 하지만 그렇다고 글이 나오지는 않는다. 그녀를 따라 나도 동화를 쓰게 되면서 이번에는 같이 동화 읽기를 하고 있다. 한 발짝 한 발짝 그녀에게 기대어 공부한다.

그녀는 어마어마한 독서가이기도 해서 가끔은 읽은 책을 선물하기도 한다. 그 책에는 힘찬 글씨가 가득하다. 읽다가 생각나는 것들을 책 여백에 풀어놓는다고 하는데 다들 그걸 몹시 탐낸다. 나도 그녀로부터 선물 받은 책이 한 권 있는데 귀한 소장품이 되었다.

글씨만큼이나 그녀의 그림도 힘차다. 이제 막 밀어낸 어린 동자승의 머리통처럼 파르라니 푸르다. 그늘을 품은 나무처럼 짙다. 수줍음이 많은 그녀에게서 어떻게 그런 진하고 곧은 선이 나올 수 있을까. 그녀의 드로잉 에세이를 학수고대한다. 제발!

키키

그녀는 나의 롤모델이다. 그녀의 출판기념회를 보고 나도 그림책 작가가 되겠다는 당찬 포부를 갖게 되었다. 당시 나는 굉장히 무기력하고 우울한 상태였는데 그녀처럼 그림책 작가가 되고 싶다는 강렬한 욕망이 일면서 우울을 벗어날 수 있었다. 그날부터 그림을 그리고 글을 쓰기 시작했으니까, 그녀는 나를 작가라는 길로 이끌어준 길잡이다.

그녀는 작가이기 이전에 계몽가다. 신의 뜻을 따르는 그녀는 길을 잃은 모든 이들에게 도움을 주고자 하는데, 어찌나 온 마음을 다하는지 단 한 번의 만남으로도 상대를 성찰로 이끈다. 또한 그녀는 사람의 장점을 기가 막히게 잘 찾아내는 재주가 있다. 아마 가만히 서 있기만 해도 칭찬이 쏟아질 거다. 나처럼 비판적인 사람에게는 절대적으로 부족한 부분이라 감동하지 않을 수 없다. 누구라도 자신감이 없다면 그녀 앞에 서보라. 그녀가 당신이 가진 좋은 점을 최대로 끌어내 진심으로 응원과 지지를 보낼 것이다.

그녀와 만나거나 통화를 하고 나면 바로 메시지가 온다. "모든 게 잘 통하는 울 언니, 하늘이 내려준 선물이당." 이런 낯간지러운 애정 표현을 어디서 듣겠는가. 그녀 덕분에 우리 모임이 유지되는지도 모른다. 두서없는 수다 속에서도 그녀는 매번 의미를 추려내어 기록하고 사진을 찍어 모임 후기를 전한다. 그녀는 '쫌'의 수문장이다.

신입 권 작가

벌써 N년차가 넘어가는데도 여전히 신입이라며 다른 이의 이야기에 가만히 귀를 기울이는 권 작가. 가만가만하지만 그녀의 삶을 돌아보면 절대 가만하지 않다.

그녀는 전통문화를 모티브로 하는 디자이너 겸 사업가다. 요즘처럼 K-문화가 주목을 받기 전부터 그녀는 전통문화에 주목해 온, 다시 말해 K-문화의 선도주자다. 창작에 대한 마음만 가득한 게 아니라 구체적이고 선도적인 일을 십수 년째 해왔다는 사실이 나는 자랑스럽다. 그녀는 그림책을 만들고 싶어 한다. 그녀만의 노하우를 살린 문양에 어떤 이야기가 더해질지 자못 궁금하다. 전통과 패턴, 현대적인 재해석이 담긴 그녀의 그림책을 손꼽아 기다린다.

푸딩

선입견이 심한 편이지만, 그녀 이야기에 생물학적 남성을 배제할 필요는 못 느낀다. 나에게 '그녀'는 변화를 향한 행동양식이 내재화된 이들을 일컫는 말이지, 특정 성별이 아니다. 그렇지 않아도 성별 고정관념이 심한 세상에 굳이 성별로 구분해서 범주화하는 글을 내놓고 싶지는 않다. 나의 '그녀'들은 타인과의 상호의존성을 본성적으로 아는 이들이다. 자신이 속한 사회와 환경 안에서 깊은 연관성을 가지며 살아간다. 그런 의미에서 푸딩은 생물학적으로 '그'지만 '그녀'에 속한다.

처음에 "푸딩은 왜 와?"하고 물었다. 이미 창작자로서 자리를 잡은 그가 왜 우리 모임에 오는지 이해가 안 되었다. "여기처럼 얘기할 수 있는 데가 없어요."라는 대답에 고개를 끄덕였다. 그렇지, 창작에 대한 순수한 갈망을 편하게 나눌 데가 흔치 않지. 푸딩 덕분에 우리 모임의 정체성은 더 공고해졌다.

푸딩은 떠오르는 질문을 굳이 가라앉히지 않고 끄집어낸다. 끊임없이 묻고 귀 기울여 듣는다. 수많은 질문으로 늘 새로운 시도를 한다. 물론 실천은 각자의 몫이다.

우리는 창작자들이다. 글을 쓰고 그림을 그리고 노래하고 작품을 만든다. 어쩔 땐 창작도 뒷전이고 아무말대잔치를 벌이지만, 모임이 끝날 때마다 '앞으로는 효율적으로 모임을 하자'고 다짐한다. 허나 효율이 다 무슨 소용인가. 서로가 의지할 수 있는 게 중요하지.

꽃마다 꽃말이 있듯이 그녀들은 각기 다른 향기로 나를 품는다. 매번 성마르게 덤벼드는 나와 달리 한없이 여유롭고 자유롭다. 이들 앞에 서면 나는 절로 작아진다. 그러다가 나도 괜찮은 사람이니까 이들에게 속하겠지, 안심하기도 한다. 앞으로도 이 모임이 쭈욱 이어지기를. 창작 쫌 하지 않으면 어떤가. 마음이 이렇게 든든한데. 돌아갈 고향이 있는 탕아처럼.

한껏 달뜬 우리의 순정

그녀는 자신의 서재를 마을 도서관으로 만들기로 했다. 특히 그림책을 좋아해서 그림책 도서관이 될 거라고 했다. 그림책 도서관이라니 가만있을 수 없었다. 간직하고 싶은 책 네댓 권만 빼고 그림책을 몽땅 기증했다. 그 외에도 그림책과 관련 있거나 충분히 읽을 가치가 있다고 생각하는 책들을 아낌없이 내놓았다. 책꽂이가 텅텅 비었지만 내 그림책들이 빛을 발할 기회를 얻어 기뻤다.

그녀는 도서관을 후원자의 힘으로만 운영했다. '베짱이 도서관'이라는 이름을 지음으로써 그녀는 베짱이가 되었고, 후원자들은 개미가 되었다. 그녀는 월 1회 소식지를 개미들에게 보낸다. 베짱이답지 않게 성실하게 그림까지 넣어서 만드는 소식지를 개미들은 목이 빠지도록 기다린다. 5주년쯤에는 책으로 나오기도 했다.

그림책 작가를 꿈꾸게 되면서 그녀가 만든 공간에 자주 갔다. 아무 때고 아무 책이나 집어 들어 몇 시간이고 그림책을 읽었다. 도서관에 가지 않을 때도 그런 공간이 있다는 사실에 뿌듯하고 흐뭇했다.

눈 오던 날이 생각난다. 아무도 없는 도서관에서 책을 보다가 문득 고개를 드니 창밖에 눈이 펑펑 내리고 있었다. 멍하니 창밖을 내다보다가 책을 보고 다시 또 창밖을 보다가 책을 보았다. 적당히 추웠고 적당히 조용했고 적당히 운치 있었다. 잠시 후, 와르르 아이들의 웃음소리가 정적을 깼다. 아이들이 묻히고 들어온 눈송이와 찬바람이 도서관에 활기를 불어넣었다. 한참 아이들을 지켜보다가 눈을 밟으며 집으로 돌아가는데 멀리 고요가 붉게 내려앉고 있었다.

언젠가 그녀가 한 말을 잊지 못한다. "자신을 돌보는 것만큼 중요한 게 어디 있어." 좋은 말이라고 고개를 끄덕이면서도 지나치게 개인적인 거 아닌가 하고 속 좁은 생각을 했었다. 공공에 대한 기대가 커서 서운하기까지 했다. 그녀가 도서관을 운영하는 걸 보고서야 그 말의 진정한 의미를 알게 되었다. 우리는 모두 너무나 깊이 연결되어 있어 각자가 자신을 잘 돌보는 것이 서로를 돌보고 좋은 이웃이 되고 결국 좋은 사회가 되는 가장 빠른 길이라는 것을.

자신을 잘 돌보기 위해 좋은 사람을 곁에 두겠다는 그녀의 의지는 가상해서 얄미울 정도이다. 지나치게 경계 없이 마음을 주다가 상처받는 나는 그녀만 보면 아무려나 치대다가 머쓱해지곤 한다.

얼마 전 그녀가 그림책 작가 수업을 받았다. 그녀는 설렌 표정으로 아이패드를 보여주었다. 그녀의 손가락이 스크롤을 오르내리며 그림책의 비밀을 집어낼 때마다 나는 전율을 느꼈다. 그림책 도서관이긴 하지만 그림책에 관한 이야기를 나눌 사람이 마땅치 않은 그녀와 그림책 작가가 되고 싶지만 그림책에 대한 애정과 단상을 나눌 대상이 없는 나는 순수한 열정과 따뜻한 교감을 나눴다. 우리는 한껏 달뜬 채 헤어졌다. 그걸로 충분했다. 돌아오는 길, 하얀 달빛이 우리가 갈 길을 환하게 비추고 있었다.

남편의 그녀

농장에 조립식 에어 풀장을 마련한지 얼마 되지 않은 때였다. 그녀는 가족과 함께 놀러 와서 하루를 실컷 즐기고 갔다. 남편은 종일 그들이 수영하는 것을 뿌듯하게 바라보았다. 그녀의 딸이 얼마나 천진난만하게 노는지 내게 설명하면서 남편은 너털웃음을 크게 웃었다. 나는 천진난만은 개뿔, 중학생이 천진난만하면 그게 정상이냐! 쏘아붙이고 싶은 걸 꾹 참았다.

나이가 들면서 남편은 동창 만나는 일에 재미를 붙였다.

워낙 사람 좋아하고 술도 좋아하는 터라 주변에 친구는 얼마든지 있지만 나이가 드니 옛정이 그립단다. 그 마음 모르지 않아 그러려니 했는데, 어쩌다 '그녀들(남편의 여자동창들)'을 만난 후 나는 그녀들이 부담스러웠다. 적당한 거리를 중요시하는 나와 달리 그녀들은 끈끈하고 화통하고 저돌적이었다. 어울렁더울렁 너불어 마시고 너나없이 퍼주기를 좋아했다.

특히 그녀는 수시로 남편에게 김밥을 잔뜩 챙겨주었다. 분식집을 하는 그녀는 주먹밥과 단무지까지(특별히 맛있는 거라며) 얹어주었고, 김밥을 좋아하는 남편은 단 한 번의 사양도 없이 냉큼 받아왔다. 심지어 언제 갈 테니 준비해놓으라고 당당하게 요구하기도 했다. 그런 남편의 태도가 어이없으면서도 그녀의 김밥은 진짜 크고 맛있어서 나도 은근히 기다렸다. 냉동실에 얼려 놓고 농장에서 일하다 늦게 온 날이나 반찬이 마땅찮은 날 꺼내먹기에 딱 좋았다.

얼마 전에는 마침 김밥 재료가 똑 떨어졌다며 막 담근 열무김치를 싸주었다. 손이 어찌나 큰지 여름내 두고 먹었다. 까다로운 내 입맛에도 잘 맞아서 마지막 국물까지 싹싹 핥아먹었다. 정말 고맙기는 한데, 도대체 어떤 사이였기에 이렇게까지 잘하나 궁금했다.

"초등학교 동창이잖아."

"그 친구랑 특별히 친했어?"

"아니, 그냥 다 친했어."

"그럼 다른 친구들한테도 김밥을 싸줘?"

"아니, 내가 김밥을 좋아하잖아."

아무리 그래도 열무김치까지 싸주는 동창이라니, 뭔가 석연치 않았다. 하지만 뭐라고 더 물어봐야 할지 알 수가 없었다.

그동안 남편은 그녀의 소식을 궁금해했다. 동창을 만나면 항상 그녀에 관해 물어보고 찾아다녔다. 그렇게 몇 년 후 드디어 그녀가 '짠'하고 나타났을 때, 남편은 그날 내 앞에서 평생 처음 보는 기쁨의 세레머니를 해보였다. 그때도 참 이상하다고 생각했다.

그녀의 사연이 조금 남다르긴 하다. 그녀는 남편의 집 근처에 살았다. 부모가 일찍 돌아가셔서 오빠와 동생이랑 셋이 어린 시절을 보내야 했다. 그녀는 일찍 결혼했는데, 일가친척이 없어 남편이 함지기를 해주었단다. 아이가 안 생겨 고생하고 구박을 많이 받았는데 이혼한 후 다른 이와 재혼해서 (천진난만하게 수영을 즐기던) 딸을 낳고 잘살고 있다.

그녀 가족이 농장에서 수영을 즐기고 간 날 저녁, 그녀가 나의 시어머니에게 고구마며 옥수수, 사과 등을 보낸다는 말을 들었다. 도저히 그냥 넘길 수 없어 캐물었다.

"왜 그렇게 잘한대? 당신은 그렇다 치고 당신 엄마한테까지?"

"걔가 부모가 없잖아. 시댁도 없대. 그래서 그런 거지."

남편은 아주 기특해하며 답했다. 그 정도면 충분한 답이 되지 않았냐는, 이제 다 알아들었느냐고 하는 표정이었다. 나는 더 이해가 안 되었다. 아무리 친한 동창이라도 그렇지, 마음 줄 어른이 없다고 동창 부모에게까지 잘한단 말인가.

"그 당시에 어떻게 지냈는지, 좀 더 자세히 말해봐."

남편은 이해 못 하는 내가 이상하다는 듯이 뚱하게 바라봤다.

"걔네 엄마랑 우리 엄마랑 몇 아줌마들이 계를 하던 사이였어. 걔네 부모가 돌아가신 후에 동네에서 다 챙겨줬지. 우리집에서 국수라도 끓이면 개 불러라 해서 먹고, 김장하면 한 양재기 가져다주고. 같이 자란 세월이 있으니, 마음이 쓰이는 거지."

그랬구나. 같이 계를 붓던 친한 이웃이 갑자기 먼저 세상을 떠나고 아이들만 남았느니 이웃들이 너도나도 불러다 먹이고 챙기고 했던 세월을 함께 보냈구나. 요즘 세상에는 없는 정으로. 드라마 〈응답하라 1988〉처럼, 그림책 《나의 독산동》처럼(그러고 보니 남편 어릴 적 동네도 독산동이다). 그랬다면, 내 시어머니가 엄마 대신이겠다. 늦은 감사에 미안한 마음이 들겠다. 뭐라도 더 해드리고 싶겠다. 그제야 고개가 끄덕여졌다. 우리 어머님은 딸 같은 그녀가 나타나서 기뻤겠다. 사는 내내 마음에 걸렸을 텐데, 얼마나 반가웠을까. 엄마를 잃은 그 꼬마가 잘살고 있다고 인사를 드리니 얼마나 기특할까, 울컥했다.

같은 서울에서 살았지만 나는 서울깍쟁이 같은 동네에서 살았다. 골목에서 자전거 타고 노는 아이들 소리가 나기는 했지만 서로 어울리는 이웃은 없었다. 나도 학교 친구들과 놀았지, 동네 친구랑 어울린 적은 없다. 남편은 나와 같은 시대를 살았던 게 맞나 싶을 만큼 골목 정서를 고스란히 갖고 있다. 이웃이 잘 되면 같이 기뻐하고 잘 안되면 같이 걱정하고, 대문이 필요 없을 정도로 열려있는 동네였다. 그런 남편 입장에서는 딱히 설명할 게 없었을 거다.

"내가 걔를 엄청 찾았어. 근데 소식을 모른다던 친구가 동창회에 데리고 온 거야. 걔가 내 앞에 딱 서서는 '네가 나 찾는다고 해서 왔다' 그러는데 얼마나 반갑던지."

남편은 또 감격에 겨운 목소리로 그녀를 찾았던 날을 떠올렸다. 그녀도 남편이 고마웠던 모양이다. 굳이 자신의 소식을 알리지 않고 살았는데 남편이 거듭 찾자 마음을 열고 동창 모임에 나오게 되었단다.

나는 그녀를 만나러 가는 남편 앞에 슬그머니 고추장아찌를 꺼내놓았다. 요번 고추장아찌가 특별히 맛있게 되었다며. 빈손으로 가서 받아만 오지 말고 과일이라도 사 들고 가라는 잔소리까지 얹었다.

우리의 그녀들

조금은 특별한 우리의 그녀 이야기도 하고 싶다.
우리는 봄볕 같은 그녀들 덕에 오늘도 살아간다.
잠깐 보아도 잊을 수 없는 궤적을 남기는 그녀들은
이런 순간을 선물한 줄 까마득히 모르겠지만
우리는 그 선물 보따리를 수시로 열어보며 힘을 얻는다.

두려움의 원형
- 정세랑

"남자가 잠결에 실수로 여자를 때렸다. 4일째 되어서야 알았다. 두려운 것이었다. 압도적인 힘의 차이. 최악의 상상들이 연이었다."◘

침대에 누워 뒹굴뒹굴 책을 읽다가 아악, 소리를 내며 일어났다. 천장에서 커다란 손이 내려와 내 머리끄덩이를 잡고 끌어올린 것 같았다. 제대로 이해했는지 두 번 세 번 눈

◘ 정세랑의 소설집 《옥상에서 만나요》에 수록된 단편소설 〈웨딩드레스 44〉 중에서

을 부릅뜨고 읽었다. 다시 눕지 못하고 책상으로 가서 정자세로 앉았다.

그랬구나, 이게 내 두려움의 원형이었구나. 왜 어릴 때부터 개를 무서워했는지 모든 짐승과 험상궂은 남자들이 불편했는지를 납득했다. 개는 아무 잘못이 없다. 위협적인 어떤 것이 개로 대변되었을 뿐이다.

나보다 키나 몸집이 큰 친구들 앞에 서면 늘 불편했다. 몸집에 비해 힘이 비정상적으로 약해서 다른 사람들은 어떻게 우아하게 유아차를 밀 수 있는지 항상 의아했다. 아이를 태우고 자전거를 타고 다니는 게 로망이었는데, 내 힘으로는 자전거를 지탱하는 것조차 버거워 포기했다.

힘이 곧 권력이고 권력은 물리적인 힘을 바탕으로 한다. 지금은 많이 달라졌다지만 여전히 힘은 위협적이다. 약한 자는 살아남기 위해 조심해야 한다는 것을 직관적으로 안다. 게다가 딸 셋에 아들 하나인 집안의 막내딸로서 가부장제의 여성 폄하를 몸으로 겪어왔다. 시대가 변하면서 여성의 문제의식을 적당히 공감하는 척 인정하는 척하지만, 지금도 그 깎아내리는 시선만큼은 절대 멈추지 않고 있다.

학교 교탁에 놓인 맨질맨질하게 다듬어진 매를 기억한다.

그때는 교사들이 거의 남자였고 커다란 손바닥이 부지불식간에 머리 위로 날아오는 장면을 보고 겪고 두려워했다. 세월이 흐르고 가정을 꾸리면서 최소한 내 일상은 안전하다고 생각했지만, 아니었다. 압도적인 힘의 차이는 잠결에도 언제든지 덮칠 수 있는 거였다.

실제로 그런 적이 있었다. 잠결에 남편이 팔꿈치로 내 얼굴을 내리쳤다. 악 하는 내 비명과 동시에 남편도 잠이 깼다.

무슨 일이 벌어졌는지 깨닫고 남편은 "어떡해, 어떡해, 미안해, 미안해."를 반복했다. 너무 아프고 놀라서 눈물이 절로 났다. 고의가 아니라는 걸 뻔히 알면서 화를 낼 수는 없었다. 조금 진정이 되자 남편이 기가 막힌 듯 웃기 시작했다. 나도 기가 막혔지만 그렇다고 웃음이 나오지는 않았다. 그 뒤로

의식적으로 남편보다 조금 위쪽에 자리 잡고 누웠다. 팔을 휘두른다 해도 얼굴은 맞지 않으려고.

작가 정세랑이 낚아챈 지점은 여성이 어떻게 일상에서 위험을 느끼는지, 그것도 사랑하는 사람에게 어떤 위협을 느끼는지 한방에 보여주는 문장이 아닐 수 없다. 최악의 상상이 연이었다는 말의 의미를 그들은 알까. 상상이 현실로 (적어도 아직 내게는) 이어지지는 않았지만, 언제나 현실은 상상보다 더 끔찍한 법이다. 그런 뉴스가 흔하게 나오는 마당에 내가 당하지 않았다고 다행이랄 수는 없다. '내가 ○○○이다'라는 구호는 결코 과장이 아니다. 왜 내가 폭력과 피해 회복에 대해 그다지도 천착했는지 이제야 알 것 같다.

여성주의를 표방한 문학작품은 무수히 많다. 팩트와 지성의 논리로 누구나 다 공감할 수 있게 날카롭고도 유연하게, 때로는 시원하게 한 방 날리는 작품도 만나봤다. 그런데 정세랑의 이 문장은 가만한 와중에 뒤통수를 맞은 것 같은 충격이다. 정곡을 찌르는 정확한 언어가 주는 위안이 있다. 과연 이것이 해결될 수 있는 문제인가를 생각하면 막막하지만 함께 맞닥뜨린 문제라고 생각하면 조금은 위로가 된다. 또한 광장에서의 구호가 아닌 예술작품이니까 더 큰 힘을 가질 거라 생각된다. 어떤 방식으로든 이 두려움을 돌파할 수 있겠다는 희망을 조심스레 가져본다.

이제 원초적 문제를 외면하고 내 부족함에만 매몰했던 나를 용서해야겠다. 기를 쓰고 애를 쓰고 어떻게든 내 몸을 부풀리며 위협에 맞서지 않아도 괜찮다고 나를 다독이고 싶다. 굵은 뼈대의 남자들을 피하지 않고 도움이 필요할 땐 그들에게 청하는 것을 점차 부끄러워하지 않았으면 좋겠다. 진실은 다만 아는 것만으로도 힘을 가진다. 있는 그대로 받아들이는 진실은 평안을 준다.

이 문장에 그저 좋은 지적이라고 할 뿐 감흥을 느끼지 않는 이도 있다. 왜 나와는 다르게 느끼는지 서운하기도 했다. 그러다 두려움의 원형은 여성의 수만큼이나 다양하다는 걸 깨달았다. 그만큼 다양하게 변이되어 억압해왔을 테니까.

정세랑 작가를 여성의 타고난 두려움과 분노를 표현한 이 하나의 문장으로만 이야기하기에 많이 아쉽다. 하지만 굳이 여기서 그녀의 작품세계나 경계 없이 자유로운 문학적 발현에 관해 얘기할 필요는 없을 듯하다. 내 안에 숨어있는 작은 정세랑을 발견하게 해준 것, 두려움과 분노의 근원을 알아차린 것만으로 충분하다.

온화함의 힘
- 이도우

이도우 작가의 에세이를 읽다가 깜짝 놀랐다. 헉, 여자잖아! 살짝 실망했다. 책을 읽는 내내 부드럽고 따뜻한 남자가 존재하는구나 행복했었는데, 이렇게 완벽하게 속이다니 너무해. 아무도 속이지 않았는데 나 혼자 속고 나 혼자 배신감을 느꼈다. 아마 《날씨가 좋으면 찾아가겠어요》의 은섭에게 작가를 이입했던 것 같다.

은섭은, 아니 내 상상 속의 이도우 작가는 은섭보다 몇 살 더 나이가 많은 30대 후반의 미혼 남자였다. 푸근해 보이고 약간 촌스러우면 더 좋겠지. 평소 좋아하는 스타일은 아니지만 그런 유형의 남자에 대한 선망이 생겨날 정도로 은섭 캐릭터에 반했다. 그런데 여자라니. "그 말 그대로야. 항상 너한테는." 이런 순정한 말은 남자에게 듣고 싶은데. 기껏 부푼 환상이 푸시식 꺼져버린 듯했다. 수채화로 그려진 그림책이 색 바랜 흑백으로 변해버린 것 같달까.

그런데 나는 왜 작가가 남자인지 여자인지가 중요할까. 아마도 은섭과 같은 감수성을 가진 남자가 세상에 존재한다는 기대가 필요했던 것 같다. 여성성, 남성성이 따로 있는 건지는 모르겠다. 하지만 그녀들과 나눌 때 느끼는 다정함과 존중감을 남자들에게는 별로 느껴본 적이 없다. 이상하게 (내가 만난) 남자들과는 대화가 잘되지 않았다. 서로의 대화에 귀 기울이고 공감을 나누길 바랄 뿐인데 그들은 내가 한 말과 상관없는 단편적인 말만 던졌다. 그 말들은 대체로 공허했다. 말이 통한다 싶은 이도 있었지만, 다른 사람들이 함께 있는 자리에서는 태도가 금세 바뀌었다. 만일 은섭과 같은 남자가 실존한다면 남자에 대한, 아니 인류에 대한 기대가 조금은 높아질 것 같다.

이도우 작가가 여자라는 걸 알고 나자, 왜 남자라고 착각했을까 싶을 정도로 여자임이 드러나는 내용이 많이 눈에 띄었다. 글에는 말라비틀어진 연애 세포도 다시 핵분열 시켜낼 듯한 말랑말랑한 감수성과 포근포근한 정서가 흐른다. 아무리 철벽 감성의 소유자도 그녀 앞에선 햇살 아래 식빵 굽는 고양이처럼 흐물흐물해질 것이다.

나는 여자 형제가 많고 여자 중고등학교에 다녀서인지 여자들 사이에서 안정감을 느꼈다. 아버지도 낯설고 불편했

다. 잘 지내다가도 아버지와 눈을 마주치면 순간 눈물이 났다. 이해받지 못할 것이라는 두려움 때문이었다. 아버지는 다정다감하지는 않았지만 그렇다고 무서운 분도 아니었다. 드라마에서 가부장적인 남자를 너무 많이 봐서 그런 것 같다. 어린 시절 드라마가 주는 영향이 이토록 크다(일부러 자극적인 것만 보여주는 막장 드라마가 흔히 그렇듯 막강한 편견을 조장한다).

특히 우락부락하게 생긴 남자들을 피해 다녔는데 그들과 편하게 눈 마주치고 대화할 수 있게 된 것은 공동육아를 한 이후다. 아이를 키우면서 만난 이들은 좀 달랐다. 여자를 세상살이 함께할 동료로서 대할 줄 알았다. 이도우의 책에 나오는 남자 주인공들은 여성을 성적 대상도 엄마도 아닌, 하나의 인간으로 바라본다. 줄거리도 자극적인 요소가 하나도 없다. 순하고도 선하고, 선하고도 부드러운 사람들이 서로를 따뜻하게 품어준다. 읽고 나면 내 마음도 착해지고 점점 더 착해지고 싶다. 현실에는 없는 인물들이라 개연성이 떨어진대도 책 속에서라도 좀 따뜻하게 살고 싶다. 그녀의 책은 봄볕 같다. 험한 세상을 살아갈 힘이 된다. 이렇게 온화하다면 살지 않을 이유가 없을 것 같다. 그녀의 글에 온순하게 길들어지고 싶다.

《밤은 이야기하기 좋은 시간이니까요》라는 산문은 읽을 페이지 수가 줄어드는 게 아까워서 읽다 말고 수시로 책을 덮고 여운을 즐겼다. 책 속의 나뭇잎 소설들은 또 다른 오아시스였다. 특히 〈할머니의 소다 비누〉는 발을 동동 구르다 쿠션에 머리를 박으며 웃었다, 너무 따스워서. "그리운 기억은 만들면 돼. 무서운 기억은 지우면 돼." 주문처럼 속삭이는 말을 보며 사랑이 담긴 글에는 강력한 힘이 있구나, 다시 한번 깨달았다.

몇 번이나 읽었던 작가 소개를 다시 읽었다. 이름 아래 점이 몇 개 이어지고 나뭇잎이 하나 그려져 있는데, 그 점과 그림까지 뚫어져라 바라봤다. 혹시나 발견하지 못한 무엇을 찾을 수 있지 않을까 하여. 그녀를 꼭 만나봐야지, 마음먹다가 아니 절대 만나지 말고 상상 속에 두어야지, 혼자 감정이 널을 뛴다.

어릴 때부터 내 안의 감수성을 애써 외면해왔다. 사람은 누구나 자신이 평범하지 않다고 생각하는 법이라며 바람을 이기려는 나그네처럼 거스르려 했다. 나는 감수성이 싫었다. 그것은 여성성과 맞닿아 있기도 했다. 태어나면서부터 '또, 딸'이어서 부정당했던 기억이 내가 가진 여성성과 감수성을 감추게 했다. 여성학을 공부하면서도 기억은 여전히 발목을 잡으며 자존감을 갉아먹었다. 나이가 들어서야 조금씩 내가 좋아졌다. 남들보다 예민하게 알아차리는 민감성이 더 나은 인간이 되게 한다는 것을 경험으로 알게 되었다. 가끔은 버겁지만 모르고 사는 무지함보다 여자여서 가질 수 있었던 내 민감성이 가치 있게 느껴졌다. 그녀의 책을 읽으면서 나는 하릴없이 허물어진다. 햇빛 쨍쨍한 날의 나그네처럼.

〈싱어게인〉에서 가수 이승윤은 자신을 배 아픈 가수라고 했다. 질투가 창작의 동력이라면서. 나도 괜찮은 작가를 보면 항상 배가 아팠다. 감히 내가 견주지 못할 작가여도 그랬다. 배 아파하는 내가 싫지 않았다. 그런데 그녀 앞에서는 전혀 배 아프지 않다. 그녀의 글이 없었더라면 어쩔 뻔했냐며 혼자 호들갑 떨며 안도한다. 이러면 안 되는데, 배 아파야 하는데. 그녀는 나를 완전 무장해제시킨다.

　굿나잇! 그녀를 향해 인사를 보낸다. 좋은 밤을 보내야 좋은 글이 나오리라는 독자로서의 인사가 아니라 오로지 그녀의 안위를 위한 인사다.

최소의 선을 찾기를

잊지 못할 부끄러운 순간이 있다. 시간이 흘러 그녀의 얼굴은 흐릿해졌지만 그녀의 눈빛은 잊을 수 없다. 그날의 부끄러움 또한 여전하다.

그때 나는 한 대기업 건설사에서 프로젝트 알바를 하고 있었다. 재건축이 결정된 주민들을 대상으로 우리 건설사를 선택하도록 홍보하는 일이었다. 일당 3만 원 정도 하던 시절에 10만 원을 받는 꽤 짭짤한 알바였다. 당연히 실적에 대한 압박이 높았고 나는 꽤 잘하고 있었다.

지역에서 노동운동을 하고 있던 친구가 오랜만에 연락이 왔다. 급하게 돈을 벌어야 하는 후배가 있는데 마땅한 게 있냐고 물었다. 흔쾌히 내가 하던 일을 소개해주었다. 친구는 고마워하면서 후배인 그녀를 내게 보냈다. 그녀는 자기 선배를 믿었기에 감사한 마음으로 내게 인사를 했다. 나는 반갑게 그녀를 맞으며 해야 할 일을 자세히 설명해주었다. 혹시 있을 오해를 막기 위해 이미 재건축이 결정된 다음에 시작되는 일이라는 점을 강조했다.

그녀의 맑은 눈이 붉은 분노로 바뀌는 건 순식간이었다. 당황한 나는 주민들을 내쫓는 일과는 다르다고 반복해서 말했는데 말하면 할수록 변명이라는 게 분명해졌다. 그녀는 단호히 돌아섰다. 질타가 담긴 눈빛을 남기고.

그 뒤로 나는 돈 버는 일을 몹시 어려워하게 되었다. 자본주의를 강고히 하는 일이라면 뭐든 주저하게 되었다. 여성학자 정희진은 《나쁜 사람에게 지지 않으려고 쓴다》에서 "우리가 지향해야 할 것은 최대의 선이 아니라 최소의 선이다."라고 했다. 어른이 된 이상 결벽증을 과시하기보다 돈을 벌어 생계를 유지해야 하는데 나는 그러지 못했다. 그녀를 생각하면 '최소의 선'을 찾는 게 쉽지 않았다. 그녀는 어디서 무얼 해서 밥을 벌며 살까.

자기만의 방을 쟁취하라
- 버지니아 울프

"《자기만의 방》은 여성들에게 자기만의 방이 필요하다는 것을 항변할 뿐 아니라 공적 공간에의 진입에 대해서도 말하고 있다."라는 문장을 읽었다. '버지니아 울프'에 관한 조각 하나가 떼구루루 굴러들어 왔다. 지금도 사적 공간에서조차 안전하지 못한 뼈아픈 현실을 살기에.

스무 살 무렵, '여성문제연구소'라는 이름의 동아리에서

---

* 《걷기의 인문학》, 리베카 솔닛 지음

낮과 밤을 보냈다. 선배들은 에리히 프롬의 《사랑의 기술》과 함께 《자기만의 방》을 필독서로 읽게 했다. 토론이 치열했던 기억이 있지만 사실 무슨 말인지 하나도 이해하지 못했다. 필독서는 필독서답게 막연한 이상만을 던져주고 잊혔다. 그때는 '자기만의 방'보다 더 중요한 게 있다고 들이미는 선배들이 너무도 많았다.

작가로 살게 되면서 《자기만의 방》, 《올란도》 등 버지니

아 울프를 다시 읽으며 그녀의 천재성에 무릎을 꿇는다. 빨아들이는 듯한 문장과 깊은 지성에 탄성을 내지르고 차곡차곡 쌓아 올리는 작가적 문체에 탄식을 내뱉는다. 100년이 지난 지금에도 그녀의 글은 한 줄기 빛이 되어 폐부 속을 헤집는다. 존경으로 우러르다가 무지한 나를 물어뜯는다. 현실

은 그녀의 글을 읽어내는 것조차 허덕이지만.

어둠 속의 정수를 찾아 바닥끝까지 내려가는 정신적 치열함을 부러워한 적이 있다. 어릴 때는 그런 것이 멋있었다. 위대함을 위해서라면 광기조차 감내할 수 있을 것 같았다. 그러나 지금은 그저 보통의 삶을 살고 싶다. 그녀와 같은 천재들이 고통 속에서 건져낸 정신적 유산을 가만히 앉아 떡고 물처럼 받아먹는 필부의 삶이 좋다. 그녀에게 진 빚을 어떻게 갚아야 할까.

《올란도》를 읽으며 길지 않은 그녀의 삶을 버티게 해준 비타 색빌 웨스트에게 감사했다. 올란도라는 인물에는 울프 자신이 가장 많이 반영되었겠지만, 비타가 있었기에 마음껏 상상력을 펼칠 수 있었으리라. 비타가 아니었다면 누가 그녀와 정신적 교류를 할 수 있었겠는가.

하긴 정신적 교류에 대해서라면 지금도 별로 나아지지 않았다. 울프에 비할 바는 아니지만, 많은 여성들이 남편과의 대화에 어려움을 겪는다. 이웃과 친구들 덕에 감수성과 지성을 지켜내며 살고 있다. 《자기만의 방》에서 그녀는 이렇게 말한다. "나는 종종 여성을 좋아합니다. 나는 그들의 비관습성을 좋아합니다. 그들의 예민함을 좋아하고 그들의 익명성을 좋아하지요."

익명성은 때로 우리를 그 누구보다 용감하게 만든다. 친구에게 들은 이야기가 있다. 전남 여성 운동사에 관한 책에서 보았단다. 소를 이끌고 투쟁에 나선 성난 농민들이 경찰과 대치하게 되었다. 소를 앞장세운 투쟁이라 곧 저지선을 뚫으리란 기대와 달리 앞에 선 이들이 담배만 뻑뻑 피우고 있더란다. 지역사회이다 보니 한 다리 건너면 사돈의 팔촌으로라도 엮인 사이. 농민이나 경찰이나 서로 어찌하지 못한 것이다. 눈치를 챈 여성 농민들이 슬그머니 소고삐를 빼앗아 들고는 저지선을 돌파했고, 결국 그 투쟁에 승리했다.

정희진은 이렇게 말한다. "여성됨은 고통이자 자원." 울프와 정희진, 두 사람의 연결성이 우리를 또 한 발짝 더 나아가게 한다.

울프는 "그것을 드러내지 않으면 죽는 것이나 다름없는 단 하나의 재능-작은 것이지만 소유자에게는 소중한-이 소멸하고 있으며 그와 함께 나 자신, 나의 영혼도 소멸하고 있다는 생각"이 든다고 했다. 그녀가 100년의 세월을 날아와 가만히 내 어깨를 감싸 안아준다. 나도 쉰 살이 넘어 갑자기 드러내지 않으면 죽는 것이나 다름없을 것 같은 순간이 왔다. 갑작스럽고 예상치 못한 일이었다. 영혼의 소멸을 직감

한 본능이 쓰는 삶을 선택하게 했다. 쓰기 시작하면서 삶이 조금씩 윤택해짐을 느낀다.

"무슨 수를 써서라도 여행하고 빈둥거리며 세계의 미래와 과거를 성찰하고 책을 읽고 공상에 잠기며 길거리를 배회하고 사고의 낚싯줄을 강 속에 깊이 담글 수 있기에 충분한 돈을 여러분 스스로 소유하게 되기를 바랍니다."

《자기만의 방》에서 방만큼 중요하게 다뤄지는 것이 돈인데 자본주의 사회에서 여성이, 나이 많은 여성이라면 더욱 실현하기 어려운 일이 바로 경제적 자립이다. 어쩔 수 없이 기본소득을 떠올리게 된다. 자립이라면 먼저 노동권을 떠올리겠지만, 위 문장은 '노동하지 않고 휴식과 사색을 누릴 권리'를 말하는 것이라 기본소득과 연결 지을 수밖에 없다. 부익부 빈익빈이 심해지는 세상에서는 사회를 유지하기 위해서라도 기본소득이 필요하다. 게다가 기대수명이 길어지면서 더는 미룰 수 없는 시대적 요구가 되었다. 자본은 끊임없이 미세 노동으로 노동력을 갈취하겠지만 그럴수록 우리는 임금을 넘어선 소득을 상상하고 악착같이 쟁취해서 여행하고 공상에 잠기고 빈둥거려야 한다.

또한 앞선 그녀들 덕분에 누리게 된 수많은 권리와 자유를 생각해본다면 더 이상 개인적 실천인 '자기만의 방'에 머물러서는 안 된다. 공적 공간에 진입하여 공적인 목소리를 내야 한다.

평소에 친구 딸들을 만나면 딱 두 가지, 운동과 정치를 권하곤 한다. 대범하게 버지니아 울프에게 빙의하여 말해보겠다.

"체력을 키우세요. 체력이 우리의 품격을 지켜줍니다. 운동은 맞붙어 싸우는 주짓수나 유도 같은, 대련의 형태가 좋습니다. 몸과 몸이 맞붙는 경험은 실존적 자각을 일깨웁니다. 특히 SNS 등 온라인 세상에서 많은 시간을 보내는 현대인들은 현실에서 오로지 맨몸으로 부딪치는 감각을 일깨워야 합니다. 물론 사회생활 속에서도 사람들과 교류하겠지만 그럼에도 더 직접적이고 더 격렬하고 더 원초적인 순간을 맞으세요.

정치로 사회생활을 시작하세요. 젊을 때 시의원이나 국회의원에 도전하는 겁니다. 정치는 생존의 무기입니다. 요즘 젊은 여성들은 부동산이나 차, 금융 등 경제적 노하우를 공유하면서 연대의 힘을 보여주고 있습니다. 덕분에 사적 공간을 확보한 이들이 많아졌습니다. 이제 공적 공간에도 진입하기를 바랍니다. 우리의 목소리를 내는 공적 행위를 적극적으로 시작해야 합니다."

혼자만의 외침이지만 혹시 아는가. 누구라도 자극이 되어 운동을 시작하고 정치에 도전할지. 정치인이 아니더라도 공적 공간에 파고 들어가는 활동이 많아져야 한다. 정당한 노동권과 생존권을 위해 두 눈 부릅뜨고 정치를 지켜봐야 '자기만의 방'을 제대로 쟁취할 수 있다.

그녀를 보면 나는 전사가 된다. "인생이란 의자에 가만히 앉아서 생각하는 것과는 전혀 무관"하니까.

나쁜 일은 '시'로 바꿔라

그 아이에게 전화가 왔다. "빨리 와주세요. 빨리요."

학부모회 일을 할 때 학교폭력 대책위원회에서 그 아이를 만났다. 교문 앞에서 기다리던 그 아이는 내 차에 올라타며 친구들에게 해맑게 인사를 했다. 안녕, 내일 봐. 그리고 차가 출발하자마자 울음을 터트렸다. 아이는 눈물이 그렁그렁한 채로 당장 누구에게라도 말하지 않으면 미칠 것 같아서 전화했다고 말했다.

그녀는 오빠로부터 성폭행을 당하고 있다고 고백했다. 아주 어릴 때부터 지속되었고 가족도 알지만, 오빠가 너무 난폭해서 아무도 어쩌지를 못한다고 했다. 그런데 잠시 집을 떠나 있던 오빠가 갑자기 주말에 온다는 소식을 어제 들었단다.

며칠만이라도 그녀가 묵을 곳이 필요했다. 우리는 부모의 허락을 받아 도움을 청할 곳을 찾아보았다. 보호소와 상담센터 등으로부터 모두 거절당했다. 담배 때문이었다. 아이는 골초였다. 쉬지 않고 담배를 피우지 않으면 안 될 만큼 힘든 상태였겠지. 하지만 개인 사정 따위는 고려되지 않았다. 단체생활이고 규칙이라 안 된다는 말만 반복해서 들었다. 아이는 며칠간이라도 담배를 손에 들지 않기 위해 뜨개질을 하고 추리소설을 읽었다. 소용없었다. 단기간에 해결할 수 있는 일이 아니었다. 결국 아이는 집으로 돌아갔다.

한 모임에서 누군가가 '미투'를 한 적이 있다. 어릴 때 친척에게 그런 일을 당했다고. 조심스럽게 다른 사람들의 고백이 이어졌다. 어릴 때는 말하지 못했지만 이제 겨우 말할 수 있게 되었다면서. 그때 누군가가 툭 던졌다. "옛날에는 그랬지. 그런 기억 다들 있잖아." 유난 떨지 말라는 투였다. 그 말을 하던 일그러진 입술을 기억한다. 덕분에 고백은 끊겼고 먼저 말한 사람들은 애써 아무렇지 않은 표정을 지어보였다.

그런가? 옛날이고, 그래서 지나간 일인가? 다들 그랬으니까 괜찮아야 하는 건가? 아니, 지나간 일이니까 별거 아니라고 하지 마라. 그게 가스라이팅이다. 안타깝게도 그때 나는 아무말도 하지 못했다.

그 뒤 취약계층을 돕는 학부모 봉사활동에 대해 부정적인 마음을 갖게 되었다. 아무것도 해줄 수 없다는 무력감과 무언가를 나누겠다는 알량한 마음이 얼마나 하찮게 여겨지던지. 사회적인 관심이란 것이 얼마나 피상적으로 느껴지던지. 그럼에도 그 아이가 '함께 울어주던 어른이 내 삶에도 있었지'라고 기억해주었으면 좋겠다. 나를 위해서가 아니라 오로지 그 아이에게 위로가 되기 위해서.

보르헤스가 말했다. "인생에는 약간의 좋은 일과 많은 나쁜 일이 생긴다. 좋은 일은 그냥 그 자체로 놔둬라. 나쁜 일은 바꿔라. 더 나은 것으로. 이를테면 시 같은 것으로."

그 아이가 살아남았다면 그것 자체가 시다. 그저 살아있는 것만으로 충분하다. 그러니 아이야. 제발 잘 살아 있으라. 그 아이의 아픔을 누군가 기억하고 있다는 의미에서 여기, 이렇게 기록한다.

타인의 고통을 감싸는 그녀
- 김윤아

    예쁜 여자를 싫어한다. 정확하게 말하면 예뻐서 얻을 수 있는 게 무엇인지 잘 알고 잘 써먹는 여자가 싫다. 생득적인 본능이라서 스스로 깨닫지 못하고 써먹는 이들도 있을 것이다. 꾸밈노동을 거부하자는 목소리가 생겨나기도 했지만, 더 예쁘고 더 섹시하게 외모를 자본화하는 걸 당연시하는 추세다.

    예쁘고 다정한 친구가 있었다. 그녀는 모두에게 다정했지만 남자들은 그렇게 받아들이지 않았다. 그녀의 다정함이 자신에게 향한 거라고 착각(하고 싶어)했다. 어떤 모임이든 그녀가 등장하는 순간 대화의 주제나 분위기가 그녀 중심으로 재구성되었다. 세상을 향한 치기 어린 걱정과 고민은 사라지고 그녀에 대한 가벼운 농담과 덕담만 오가는 식이었다. 다른 사람들은 배경이 되고 그녀의 웃음과 몸짓만 가득했다. 더없이 좋은 친구지만 자신의 눈빛 하나에 흔들리는 남자들을 조종하고 싶은 욕망을 그녀도 어쩌하지 못하는 것 같았다.

매력적인 것은 당연히 눈길을 끈다. 언젠가 남편과 거리를 걷고 있는데, 미니스커트에 롱부츠를 신은 여자가 지나갔다. 남편의 눈이 돌아가며 감탄을 내뱉었다. 그런 반백의 남편을 보고 있자니 '어이구, 인간아' 탄식이 나왔다. 동시에 멀리서 긴 코트를 입은, 비율이 남다른 젊은 남자가 걸어오고 있었다. 내 눈도 휙 돌아갔다. 음, 어쩔 수 없어. 인정! 예쁘고 잘생긴 이들의 매력을 떨치기란 쉽지 않다. 하지만 매력을 수단으로 삼는 이들에 대한 역겨움 또한 어쩔 수 없다.

김윤아는 지나치게 예쁘고 지나치게 예쁜 척하는 걸로 보였다. 그 예쁨 때문에 나는 그녀가 비호감이었다. 여신 같은 미모로 무대를 장악하고 소름 돋게 노래를 잘해서 약이 올랐다. 밴댕이 소갈딱지라서 좋아하지 않는 사람이 잘하면 더약이 오른다. 음악의 아름다움과 깊이와 위로를 알게 되기 전까지 그녀를 외면하고 살았다.

그런데 갑자기 국카스텐의 덕후가 된 후로 어떤 편견을 앞세워도 소용없을 만큼 자우림의 노래에 매혹당했다. 그리고 어느 페스티벌에서 여전히 예쁜 그녀의 노래를 들었다. 그녀의 예쁜 척은 퍼포먼스에 찰떡같이 어울렸고 관객을 사로잡았다. 나는 그 프로페셔널에 홀딱 빠져버렸다. 그녀가

예쁜 게 하나도 거슬리지 않았다. 거슬리기는, 예쁜 언니 최고! 꺄악(언니 맞나? 나이 검색은 해서 뭐해, 멋지면 언니지)!

그날 나를 사로잡은 곡은 〈스물다섯 스물하나〉였다. 우리의 '스물다섯 스물하나'를 이토록 그립고 애잔하고 눈부시게 표현할 수 있을까. 과거를 애틋한 마음으로 돌아본 것은 처음인 것 같다. 나도 모르게 과거로 돌아가 그때의 나를 안

쓰러워하며 사랑스러움에 젖어든다. 막 성인이 되어 으쓱했던 나, 우주선이라도 뚝딱 만들어 낼 듯 의욕은 앞서는데 현실은 비루하기 짝이 없던 나, 서로의 존재와 체온만으로 충만했던 그때의 사람들. 이제는 가물가물해진 그날들을 노래 하나로 훅 소환해내는 가슴 시리게 아름다운 노래. 기억하고 싶지 않을 만큼 아팠던 그 시절이 아린흔이 되어 남을 줄 그때는 미처 몰랐지.

한동안 그녀의 목소리에 빠져 허우적거리다가 그녀의 또 다른 노래 〈은지〉를 발견했다. 은지는 은지이기도 하고 김윤아이기도 하고 나이기도 했다. 은지를 낳고 키웠던, 한때 고왔던 모든 여자이기도 할 것이다.

우연히 김윤아가 어릴 때 아버지로부터 학대를 받았다는 내용의 영상을 보았다. 이상하게 그 영상이 머릿속을 떠나질 않았다. 내가 학대를 당한 것도 아닌데, 왜 이럴까? 내 말을 들은 언니가 미간을 좁히며 말했다. 그렇게 생각해? 언니는 엄마가 자주 했던 '그 말'을 토씨 하나 틀리지 않고 그대로 들려주었다. 순간 까맣게 잊고 있던 모멸감이 생생하게 되살아났고 바로 죄의식으로 이어졌다. 기억하지 못하는 게 이상할 만큼 자주 듣던 말이었고 자주 느끼던 죄책감이었다. 내 잘못도 아닌데 내 몫이었다.

최연호 삼성병원 교수는 "가해자는 자신이 가해자인 줄 모른다. 그런데 더 큰 문제는 피해자도 자신이 피해자인 줄 모른다."라며 "피해자라는 인식이 있어야 비로소 피해 회복이 시작"된다고 했다. 나도 이제야 피해자인 걸 깨닫게 된 셈이다. 엄마를 이해하면서도 왜 엄마의 그늘을 벗어나지 못했는지 조금은 알 것 같다. 다행히도 이 글을 쓰면서 '그 말'이 무엇이었는지 다시 잊어버렸다. 요즘 기억력이 나빠져서 걱정인데 이럴 땐 아주 유용하다. 언니에게 물어볼까 하다가 묻지 않기로 했다. 잘 잊어준 내가 기특해서라도 굳이 되살리지 않으련다. 〈은지〉를 들으면 내 안의 은지가 밭은 숨을 내쉬며 운다. 은지가 실컷 울도록 〈은지〉가 곁에 머물러준다. 내 옆에는, 당신 옆에는, 우리 옆에는 너무 많은 은지들이 있어, 〈은지〉를 들을 때도 서럽고 듣지 않을 때도 분하다.

김윤아는 타인의 고통을 잊지 않는 사람으로 살아가려면 어떻게 해야 하는지 삶으로 보여준다. 세상의 언니들을 대표해서 우리를 감싸주고 이카로스처럼 날갯짓을 멈추지 않는다. 불같이 솟아올라 훠이훠이 서러움 날려 보내는 살풀이굿처럼 날아간다. 그녀는 언니로서, 뮤지션으로서 지금 여기의 내가 그때의 내게 먼저 손을 내밀어 맞잡게 한다.

이쯤 되면 그녀에 대한 나의 오해는 순전히 나만의 편견이다. 아니 어쩌면 미소지니(여성 혐오)를 조장하는 이들의 농간이다. 그녀만큼 사회적 감수성이 민감한 사람이 어디 있다고 감히 그녀에게 나의 편견을 덧씌우는가. 아름다운 것은 죄가 없다. 아름다운 것을 어떻게 써야 하는지 모르는 이들이 문제지.

〈비긴 어게인〉이라는 프로그램을 본 적이 있다. 김윤아와 기타리스트 이선규가 노래 연습을 하고 있었다. 노래가 끝나자, 이선규가 감탄을 한다.

"세상에서 윤아가 노래 제일 잘해. 진짜, 제일 잘해."

추켜세우는 게 아니라 진심 어린 탄성이었다. 김윤아는 어깨를 으쓱하며 기분 좋게 웃었다. 티브이에서 본 가장 아름다운 장면 중 하나이다. 서로에게 존중의 말을 스스럼없이 전하는 어른이라니. 그리고 그 진심을 있는 그대로 받아들일 줄 아는 성숙함이라니. 어른들의 우정과 밴드라는 하나의 세계를 함께 일구어가는 그들을 보며 그 순간 인간은 성선설의 존재임을 깨닫는다.

내 순례의 목적지
- 올가 토카르추크

"우리가 낙원에서 추방될 수밖에 없었던 이유는 성행위나 신에 대한 불복종 때문도 아니고 신의 비밀을 알아냈기 때문도 아니다. 우리가 스스로를 세상과 분리된 유일하고 단일한 존재로 인식한 것이 바로 우리의 원죄인 것이다."◘

올가 토카르추크는 인류가 새로운 관점을 가져야 한다는 점, 더 이상 오만해서는 안 된다는 점을 강조하기 위해 우리

◘ 《다정한 서술자》, 올가 토카르추크 지음

의 원죄를 언급한다. 그리고 "당신의 몸은 당신만으로 이루어진 게 아니다. 인간의 몸에서 인간 세포는 43퍼센트에 불과하다."라는 한 매체의 헤드라인을 인용하며 '우리 인간은 개별적 존재가 아닌 집단적 존재'임을 말한다.

세상에, 우리 몸이 박테리아나 곰팡이, 바이러스 고세균 같은 '이웃들'의 무리로 뒤덮여있다니. 미처 깨닫지 못했을

뿐 인간은 본성적으로 이웃과 함께여서 외로워할 필요가 없었던 거구나. 나는 이웃들의 존재가 너무도 반가웠다.

고독은 내면이라는 친구를 만날 수 있다지만 나는 그동안 많이 외로웠다. 외로움에 몸을 떨면서 이야기에 깊이 빠졌다. 내 앞에 살아 움직이는 존재와 눈에 보이는 사물, 감각되

는 모든 것이 전부 이야기가 되었다.

그림책《잃어버린 영혼》의 주인공처럼 나도 영혼이 쫓아오지 못한 상태가 된 적이 있다. 그때 모든 걸 멈추고 기다렸다. 멈춘 그 자리에 주저앉아 뽀시락거리며 이야기와 놀았다. 독립출판으로 낸 그림책《엄마는 뭐가 되고 싶어》가 그즈음 싹텄다. 그때 나는 혼자여서 외로웠고, 외로워서 이야기를 만들었다고 생각했다. 그런데 혼자가 아니었단다. 이미 이웃들에게 둘러싸여 있어서 그들이 내게 이야기의 씨앗을 주었고 함께 이야기를 키워갔으며 나를 실질적으로 보호해 주었다.

또 토카르추크는 우리 내면에 "자신을 창조하고 세상과 토론하고 세상의 위대한 기억을 상기하는 끊임없는 과정이 되풀이되고 있는" 신화적 공간에 대해 말한다. 이로써 박테리아와 더불어 신화 속 인물들과 문학 속 주인공들까지 내 안에 있다. 그들이 모두 내 '이웃들'이라니, 뭔가 든든하지 않은가.

사실 그녀의 글은 낯선 배경과 신화적인 세계를 넘나들어서 상상력이 부족한 나로서는 조금 어렵다. 그런데도 아주 어릴 때 들었다가 잊었던 옛날이야기 또는 전생 이야기 같다. "한번 목격한 질서는 인간의 정신을 일깨우기 마련이고,

그 정신에 지울 수 없는 중요하고 근본적인 선과 면을 새겨 놓는"◘다더니, 그녀는 단 하나의 그림책으로 내게 선과 면을 새겨 넣었나 보다.

어느 시대든 바깥을 내다보는 이들이 있다. 카미유 플라마리옹의 책에 있다는 목각화는 바로 그녀의 모습이다. 이 목각화에는 한 방랑자가 지구 바깥으로 머리를 내밀고 우주를 보고 있다. 그녀는 세상의 중심이라는 인간상에서 벗어나 방랑자와 같은 시선을 가져야 한다는 걸 설명하기 위해 이 그림을 인용하는데, 이 그림이야말로 그녀의 시선, 그녀의 문학을 상징한다. 그녀의 글은 선구자처럼 우리의 정신을 일깨운다. 스스로 방랑자이며 이방인으로 살아가면서 모두가 세상의 안쪽만 바라볼 때 고개를 내밀어 저 너머의 세상을 조망한다.

그녀는 세상을 진맥하여 정확한 언어로 시대를 예견하고 모두를 공감시키는 데 문학적 표현도 저 너머의 것이다. 파놉티콘의 시선을 가진 4인칭 서술자라는 새로운 화자를 우리 앞에 가져다 놓는 식이다. 아니 에르노가 말하는 '개인의

◘ 《방랑자들》, 올가 토카르추크 지음

진실이 아니라 사회의 진실'을 보여주기 위한 장치가 아닐지 추측해본다.

화자의 젠더를 중성으로 바꾸기도 한다. 여성, 남성의 이분법적인 구도를 탈피하고 '서술자를 신성하고 전지적인 중립자'로 만들기 위해 동사의 어근에 중성형 어미를 삽입한다. 폴란드어에는 여성과 남성뿐 아니라 중성이라는 어미가 있어서 가능한 시도이기는 하지만 새롭고 기발하다.

'그녀' 이야기를 쓰고 있는 나는 잠시 주춤한다. 서술자를 일부러 중성으로 바꾸는 시도를 하는 마당에 입말로는 거의 쓰지 않는 '그녀'라는 표현을 굳이 쓸 필요가 있을까. 하지만 나는 그녀가 좋다. 여자도 아니고 여성도 아닌 그녀라는 표현을 써서라도 여자나 여성이라는 말이 갖는 사회적 인식과 젠더에 대한 편견에서 벗어나고 싶다. 아마 영어를 처음 배울 때 '그/그녀'라는 삼인칭이 신선하게 다가왔기 때문인 것 같다. 그런 신선함이 아니고서는 나를 이루는 총합으로서의 그녀들을 달리 표현할 길이 없다. 토카르추크가 중립자로 만들려는 시도와 그 의도는 비슷하다. 그러니 계속 '그녀'라고 부르는 걸로.

《방랑자들》에서 그녀는 집과 차를 가지기 위해 또 더 큰

집과 더 비싼 차를 탐하는 우리에게 말한다. 멈추는 자는 화석이 될 거라고. 정지하는 자는 곤충처럼 박제될 거라고. "인생? 그런 건 없다. 내 눈에 보이는 것은 선, 면, 구체, 그리고 시간 속에서 그것들이 변화하는 모습뿐"이라고 한다. 그녀처럼 선과 악, 정해진 규칙과 틀을 깨고 수없이 새로운 우주를 제시하지는 못하겠지만 그녀가 자주 쓰는 키워드 '방랑자', '모나드', '우누스문두스', '메탁시의 영토' 등을 잘 기억해두고 틈틈이 들여다보며 몸 안에 새긴다.

보통 책을 읽으면 책의 문장에 밑줄을 치는데 나는 자꾸 그녀에게 밑줄을 친다. 그녀가 궁금하다. 그녀가 "내 순례의 목적은 다른 순례다."라고 했듯이 나의 목적은 다른 작가다.

투명하게 달리는 기분

- 요조

냉장고에 붙여놓을 몸짱 사진을 찾았다! 바로 요조 언니 (몸짱인 그녀는 언니일 수밖에 없다). 아니, 이보세요, 요조는 이미 마흔이 넘었는데 몸짱이라니요? 라고 물으신다면 그건 요조를 몰라서 하는 소리다.

그녀는 러너다. 매일 달리고 '오늘의 하드'를 먹는다. 인증사진을 인스타에 올리는데 주로 벌게진 얼굴이나 골목을 찍는다. 흐릿하거나 흔들려서 더 생동감 있다. 침대에 가만히 누워서도 달린 것 같은 쾌감을 느낄 수 있으니 어찌 하트를 누르지 않을 수 있겠는가. 오늘의 하드도 내가 먹은 것처럼 시원하다.

그 사진을 발견한 날, 뒹굴뒹굴하던 몸이 용수철처럼 튀어 올랐다. '이건 가져야 돼'라며. 아이 방을 뒤져 스마트폰 포토 프린터를 찾아냈다. 사용 방법을 검색하고 앱 깔고 적용. 스마트한 거라면 일단 거부감부터 느끼는 내가 한 치의 머뭇거림도 없이 일사천리로 이 과정을 해냈다.

징~노랑이 나오고 징~빨강이 덧그려지고 징~파랑까지 추가되는 동안 눈도 깜빡이지 못하고 뚫어져라 쳐다보았다. 사진을 냉장고에 척 붙이고서야 긴 숨을 몰아쉬었다.

사진은 수영복을 입은 뒷모습이다. 역시나 흔들리고 어두웠지만 양쪽 날개뼈 위에 붙은 잔근육이 척추를 따라 내려가는 등골과 함께 올통볼통 드러나 있다. 하는 김에 벌게진 얼굴 사진도 한 장 더 출력. 뛰고 난 뒤 상기된 눈빛이 형형…, 이 아니라 땀방울에 흐릿한데 그게 더 느낌 있다.

그녀의 달리기는 일종의 본능과 같아서 절박함이 묻어난다, 마치 말처럼. 절박한 본능은 야성미를 내뿜는다. 나는 아름다움 앞에 복종한다. 아, 나도 뛰고 싶다! 저 근육, 갖고 싶다! 얼굴이 벌게지고 자잘한 근육이 불거지도록 심장박동을 느끼고 싶다, 가슴을 벌렁거리며 욕망했다.

그래서 뛰었냐면, 당연히 못 했다. 무릎을 걱정할 나이다. 뛰기는커녕 오래 걷는 것도 힘들다. 다만 평소보다 좀 더 잰걸음으로 걷고 가끔은 무릎을 바짝 올려 동동거리고 팔을 휘적거린다. 냉장고 앞에 서서 등에 빡, 힘을 주기도 한다.

시도는 했다. 몸짱 사진으로 필 받은 주말, 나랑 같이 가

면 땀이 안 난다고 혼자 산에 오르는 남편을 따라나섰다. 올라가는 내내 내 다리가 그녀 다리가 된 듯한 착각이 들었다. 이 정도만 걸어도 보람찬데 그녀는 얼마나 보람찰까? 그래, 내일부터 매일 산을 오르는 거야. 오늘이 10월 2일이니까 겨울이 오기 전까지 딱 두 달만 해보는 거야. 과한 계획을 세워보았다. 근데 매일 할 수 있을까? 아냐, 그래도 두 달인데 일주일에 한 번으로는 폼이 안 나잖아. 머릿속으로 열정을 불태웠다.

하지만 산은 오르는 것보다 내려오는 게 더 어려운 법. 계획을 하나씩 허물었다. 아이고, 안되겠다. 주말만 하자. 아니다, 일요일만 하자. 코스를 바꿔볼까? 내려오는 길이 완만한 곳으로. 윽, 내 무릎! 왜 산은 오르면 내려와야만 하는 걸까.

그때 한 기인을 보았다. 계단을 사뿐사뿐 날듯이 내려가는 할머니. 어쩌나 가볍고도 빠른지 눈으로 쫓기가 바쁘게 사라졌다. 엉금엉금 거의 다 내려왔을 무렵 다시 그 할머니가 올라오고 있었다. 아니, 몇 번을 그렇게 오르내리세요? 얼른 물었으나 이미 눈앞에서 사라진 후였다. 몸에 밴 날렵함이었다. 산 아래 절이 있던데 어쩌면 저분은 종일 묵언수행과 함께 산행 수행을 하는 삶을 택한 게 아닐까. 무언가를 택하는 것, 그것은 무언가를 내려놓아야 가능한 건데 저분은 무엇을 내려놓았고 나는 무엇을 내려놓지 못한 걸까.

아니, 가수이자 작가인 요조를 말하면서 달리기와 하드, 산 얘기뿐이라니, 너무하지 않소? 하신다면, 이제 막 그 얘기를 할 참이다. 몸짱 사진을 붙인 뒤에 본격적으로 그녀의 책과 노래를 섭렵했다. 마침 나는 한 독립서점에서 월화 책방지기를 하던 중이었다. 월 48시간이라는 꿈의 직장, 월급은 묻지 마시라. 어차피 월급이란 통장을 스쳐 지나가는 숫

자에 불과하지 않던가. 어쨌든 그곳에서 종일 요조를 탐구했다. 《실패를 사랑하는 직업》부터 시작해서 《아무튼 떡볶이》와 《여자로 살아가는 우리들에게》를 읽고, 〈Traveler〉와 〈나의 쓸모〉를 들었다. 〈마이 네임 이즈 요조〉 원곡과 33살 버전을 비교해서 듣고 〈춤〉과 〈모과나무〉 영상을 보았다. 인간은 누구나 이상하고도 괴상한 부분이 있어 각자 자기만의 방식으로 해소하는데, 요조는 그것을 음악에서 발산하는 것 같다. 특히 〈혼탁하고 차가운 나〉는 제목부터 음률과 가사까지 진짜 혼탁하다. 혼탁함이 주는 희열이 있다.

그녀의 책에는 역시 생활체육인으로서의 명랑한 습성이 배어있다. 짐짓 빼는 태도라고는 없다. 너무 날 것이라 당황스러울 정도다. 나는 내가 조금 우울한 또는 진지한 글을 좋아하는 줄 알았는데 아니었다. 샘물이 퐁퐁 솟아오르는 듯한 웃음이 매달린 문장이 참 좋다. 생생한 표현력은 아마도 오늘만 살아가는 그녀의 자유로움에서 비롯된 것 같다. 한순간도 허투루 살지 않는 자의 안정감이 느껴진다.

그러고 보니, 그녀의 몸짱 사진에는 그녀가 살고 싶은 대로 살아온 하루하루가 쌓여있다. 달리고 싶을 때 참지 않고 달린 것, 먹고 싶을 때 잘 먹은 것, 좋은 사람을 만나고 싫은 사람은 잘 피하는 것 같은, 순간적 욕망을 고스란히 살아낸 흔적이다. 후회 따위로 시간 낭비하지 않고 투명하게 반짝이는 순간을 산 자의 몸이다.

사실 인스타를 통해 한껏 내적 친밀감을 가진 상태였고 몸짱 사진으로 마음속 여신이 되었으니, 노래와 책은 당위성을 부여하기 위한 과정일 뿐이다. 좋아하는 사람의 책은 읽기도 전에 이미 만족스럽지 않은가. 특히 《만지고 싶은 기분》은 표지부터 너무 따스워서 꽂아놓기보다 책상 위에 무심히 툭 올려놓고 오가며 만지는 용도로 쓴다. 역시 취향이란 첫인상이다. 처음에 좋으면 그냥 좋다. 인간이 아무리 이성적인 척, 합리적인 척, 잘난 척해봤자 감정을 이기기란 쉽지 않다.

아주 오래전에 그녀의 공연을 본 적이 있다. 혼자가 아니었으니까 소규모 아카시아 밴드로 활동했던 무렵이었던 듯하다. 슬픈 내용의 노래가 아니었는데 눈빛은 슬퍼보였다. 나는 그 눈빛에 마음이 갔고 우연히 본 것 치고 오래 기억에 남았다. 나중에 다시 그녀의 노래를 듣게 되었는데 특유의 읊조리는 목소리가 또 마음이 움직였다. 목소리는 일종의 주파수다. 주파수가 맞았는데 뭘. 무사책방을 냈다는 소식을 들었을 때 그럴 줄 알았다고, 그녀는 그런 사람이었던 거라고 그녀를 안다는 듯이 혼자 흐뭇해했다.

나도 요조처럼 하루하루 본능을 만족시키며 살아야지, 다짐하며 오늘도 냉장고 앞에 서서 만보기를 확인한다. 만보기는 그녀만큼 투명하게 내 몸을 보여준다. 음…, 가끔은 조금만 불투명했으면 좋겠다.

다시 태어나면 그루브있게

중학교 2학년 때 내 앞에 앉았던 그녀가 자리에서 일어나며 교복 치마를 툭 터는데, 순간 종아리 전체를 감싸는 딴딴한 근육이 내 심장을 벌떡거리게 했다. 다시 태어나면 저런 종아리를 가지고 싶어! 강렬한 욕망이었다. 그녀는 농구선수였다가 키가 더 이상 자라지 않아서 육상을 하고 있었다.

당시에는 체력장이라는 게 있었다. 800미터 장거리 달리기가 마지막 종목이었는데, 당연히 그녀가 맨 앞에서 달렸고 친구들의 환호를 받았다. 먼지 나는 운동장에서 나는 그녀의 종아리만 눈으로 좇았다.

간절히 원하면 이루어진다던가. 나도 그런 다리를 가질 기회가 생겼다. 학력고사를 망치고 그 점수로는 갈 곳이 없어 코가 빠져있는데, 언니가 체대를 권했다. '생기다 만 애'라는 별칭이 있을 만큼 부실한 나에게 언니는 체대생 친구를 소개해주었다. 한 달만 시키는 대로 하면 체대에 갈 수 있다는 감언이설에 속아 운동을 시작했다. 안 할 이유가 없었다. 그녀의 다리처럼 될 수 있다는데. 하지만 사흘 만에 그 체대생이 나를 포기했다. "이 폐로는, 이러다 죽어."

체대는 못 갔지만 그녀와 친해졌다. 그녀는 육상을 그만두고 메이크업을 배웠는데 나중에 내 신부 화장을 해주었다. 결혼하고 미국으로 간 후에도 가끔 전화가 왔는데 어느 날 완전히 소식이 끊겼다. 그녀의 종아리는 이제 근육이 다 빠지고 흐물흐물해졌겠지만 나는 여전히 올림픽에서 육상 종목 중 특히, 달리기를 빼놓지 않고 지켜본다. 그리고 가끔 검색 창이나 SNS에 '박염희'를 검색해본다. 혹시나 인연이 다시 닿을까 싶어서. 책은 사랑을 싣고 그녀에게 내 소식이 가닿기를.

그녀보다 더 강렬하게 닮고 싶은, 다시 태어나고 싶은 '이름 모를 신부'가 있다(이름도 모르지만 가야 하는 결혼식이 꽤 있답니다). 신부 입장이 시작되자, 신부대기실에서부터 들려오는 호탕한 웃음소리가 심상치 않더니 신랑 못지않은 보폭으로 신부가 걸어 나왔다. 다소곳함과는 거리가 먼 경쾌한 걸음걸이였다. 신랑을 마주한 신부는 껄껄 웃어대며 친구들에게 손을 흔들었고, 신랑과 하이파이브와 어깨치기를 해댔다. 타고난 힘과 그루브가 느껴졌다. 이렇게 섹시하고 매력적인 신부를 이전에도 이후에도 본 적이 없다.

몸은 곧 마음이어서 몸을 잘 써야 마음도 잘 쓸 수 있다. 주로 마음만 쓰고 살아온 나는 도대체 무엇을 잃었던 걸까. 잃었던 것을 되찾으면 얼마나 더 멋져질까. 다음 생에는 몸집 '짱' 크고 활달하고 유쾌한 여자로 태어나 거침없이 누비며 멋지게 살고 싶다.

어두움으로 넘치는 사랑을 그림
- 고정순

안예은의 〈문어의 꿈〉이라는 노래가 있다. 듣자마자 나는 이런 글을 쓰는 사람이 되고 싶다고 생각했다. 이런 글이 뭔지 정확히 설명할 순 없지만 '이런' 글을 쓰고 그림을 그리는 사람을 발견했다. 바로 고정순. 아, 내가 먼저 하려고 했는데….

아이가 배 속에 있을 때 그림책을 좋아했다. 아이와 같이 읽었고 그림책을 맘껏 읽기 위해 어린이전문서점 근처로 이사하기도 했다. 아이가 크면서 그림책을 잊고 지내다가 갱년기를 겪으면서 다시 그림책을 찾게 되었다. 그림책을 보고 있으면 불안하거나 지치거나 심심하거나 분노할 일이 전혀 없다. 흐뭇한 미소, 깔깔깔 웃음, 때로는 애잔함과 놀라움에 웃음 짓는다.

그림책 작가가 되고 싶어 그림을 그리기 시작했다. 졸라맨도 못 그리는 똥손이고 여태껏 낙서조차 끼적이지 않고 살았는데 이제 와서 과연 가능할지 걱정이 되기는 했다. 하지만 십 년쯤 그리다보면 그림을 이해하는 작가는 될 수 있지 않을까 느긋하게 생각하기로 했다.

처음 그린 것은 바로 앞에 놓여 있던 물병이었다. 보이는 대로 그리라 해서 정말 보이는 대로 그렸더니 위는 크고 아래는 작았다. 그게 아니란다. 있는 그대로 그려야 한단다. 실체를 아는 게 우선, 그리고 눈으로 기억하란다. 그렇게 안경, 연필, 가방 등 내 주변에 있는 걸 그리면서 그림에 대한 심리적 거리감을 좁혀갔다. 매일 그림그리기를 한지 삼 년째, 문득 뭔가 떠올라서 더미북을 만들었다. 이상하게 슬프고 어두운 게 싫으면서도 좋았다. 그림책은 어린이들이 세상을 안심하고 받아들일 수 있어야 해서 어두우면 안 된다던데. 하지만 어두운 그림도 내게는 너무 소중한 감정이어서 지우고 싶지 않았다.

그때 고정순 작가가 그린 《아빠의 술친구》를 발견했다. 그림은 어두웠지만 충분히 안심할 수 있는 위로가 담겨 있었다. 그녀의 그림책은 대체로 어두움을 갖고 있다. 한번 보면 잊을 수 없는 독특한 어두움이다. 다른 그림책에도 어두움이 있기야 하지만, 그건 빛을 드러내기 위한 것이다. 그녀의 어두움은 다른 목적이 없다. 어두움 그 자체다. 어린이도 어두움을 갖고 있다는 것, 그 어두움은 나쁜 게 아니라 인생이 때

로 그렇다는 것, 어린이도 인생을 사는 실존적 주체로서 어른과 마찬가지로 괴롭기도 하고 슬프기도 하고 외롭기도 해서 어두운 그림에서 위로받는다는 것을 발견하게 해주었다. 아, 그림책도 얼마든지 어두움을 표현할 수 있구나. 덕분에 나도 어두움과 슬픔이 드러나는 것을 두려워하지 않게 되었다. 다만 내가 드러내는 어두움과 슬픔이 나의 감정을 해소

하기 위한 것인지 책에 필요한 것인지 구별할 필요는 있다.

그래서 어둠과 슬픔을 담은 그림책을 냈느냐면, 아직 그러지 못했다. 우선《나는 귀신》,《철사 코끼리》등을 보면서 내 안의 어두움을 조금씩 치유해 나가는 중이다.《엄마 왜 안 와》,《아빠는 내가 지켜줄게》등을 보면서 어두움을 사랑으로 표현하는 법도 배우고 있다.

어느 날, 내가 그린 어떤 그림에 "잘생긴 고정순 작가님을 닮았네요."라는 댓글이 달려있었다. 원래 나는 작가를 천상계에 존재한다고 생각하는 편이라, 작품만 보지 작가는 별로 알고 싶어 하지 않는 고루한 면이 있다. 특히 현존하는 작가는 사진도 잘 찾아보지 않는다. 그런데 잘생긴 고정순이라니 찾아보지 않을 수 있나. 그렇게 그녀의 SNS를 보게 되었고, 정말 잘 생겨서 얼른 팔로우했고, 그녀의 라이브까지 챙겨보게 되었다.

처음에는 행여 실망할까 봐 피하기도 했다. 무대에 선 이들이 쭈뼛쭈뼛하면 속상하니까. 수줍음이 많은 성격이라 해도 무대에 선 이상 프로로서 관객을 사로잡아야 하고, 관객인 나는 충분히 그들에게 사로잡힐 준비가 되어있다. 그런데 준비된 나를 방치하면 배신감마저 느끼게 된다. 다행히 그녀는 무대 체질이었다. 작가로서의 카리스마를 잃지 않으면서

지상계와 천상계를 적절히 오갔다. 그림책뿐 아니라 일상에서도 저렇게 매력이 넘친다면 사로잡힐 수밖에. 원래 책이 좋으면 책보다 작가가 보이는 법 아닌가(조금 전 작품만 본다는 말 정도야 호떡 뒤집듯이 뒤집을 수 있다).

《옥춘당》을 읽으면서 충분히 사랑받은 사람에게서 느껴지는 자신감 같은 걸 발견했는데, 예상한 대로 그녀는 사랑받은 사람이었다. 할아버지의 사랑, 부모 형제의 사랑, 친구의 사랑을 넘치게 받고 현재는 편집자 사랑까지 받고 있다. 무엇보다 독자의 사랑을 철석같이 믿고 있는데 나는 그런 그녀의 기고만장한 자신감이 좋다.

그녀가 생각하는 사랑은 이런 거다. "둘이 나눠 먹는 아이스바가 있는데, 혹시 아나요. 그 아이스바를 부주의하게 쪼개면 한쪽만 양이 많아져요. 난 큰 쪽 아이스바를 냉큼 먹어버리는 그런 사랑이 하고 싶어요. 기껏 아이스바 하나로 느낄 수 있는 다정한 무례를 나도 상대도 살피지 않는 가식 없는"◨ 사랑. 그런 사랑은 받아본 사람만이 할 수 있는 거다. 이러니 그녀의 그림책에 사랑이 넘칠 수밖에. 아, 어쩌나. 나는 그다지 사랑받지 못했지만 내 그림책에도 사랑이 흘러넘

◨ 《시치미 떼듯 생을 사랑하는 당신에게》, 고정순 지음

쳤으면 좋겠는데. 할 수 없이 사랑을 받아본 그녀가 하는 사랑 이야기를 더 많이 봐야겠다.

그런데 그녀의 사랑 이야기를 볼 기회가 점점 줄어들 거 같아서 걱정이다. 그녀의 지병이 점점 악화하면서 작업도 조금씩 어려워지고 있다고 한다. 독자들에게 놀라지 말고 익숙해지라고 예고해주었다. 그 말을 하는 그녀가 여전히 서글서글한 웃음을 짓고 있어 더 가슴이 아렸다.

《어느 산양 이야기》처럼 그녀는 아주 구체적이고 실제적인 노년과 죽음을 준비한다. 그게 준비한다고 해서 되는 것도 아니고 다가오는 어두움을 피할 길이 없지만 그녀는 묵묵히 그걸 해내고 있다. 주어진 상황을 의연히 받아들이며 '문어의 꿈'처럼 오색찬란하게 꿈을 꾼다. 아, 그곳은 얼마나 춥고 어둡고 무서울까.

내가 할 수 있는 건 그녀가 품어낸 사랑 이야기를 손꼽아 기다리는 것뿐이다. 내게 그녀의 그림책은 《무무 씨의 달 그네》에서 무무씨가 변함없이 바라보는 달과 같은 거니까.

나의 블루스

- 노희경

드라마 〈우리들의 블루스〉를 보다가 몇 번이나 포기하려
했다. 노희경 작가의 작품이라면 덮어놓고 좋아했는데, 이
번에는 도저히 이해할 수 없는 지점들 때문에 보는 게 힘들
었다. 첫 에피소드인 '은희와 한수'부터 그랬다. 시대에 뒤떨
어지는 시선이었다. '미란과 은희'는 헛웃음이 나왔고, '옥동
과 동석'을 앞두고는 어디 두고 보자, 하는 심정으로 지켜보
았다. 끝까지 보기를 잘했다. 도대체 작가는 어찌 알았을까.
옥동이 동석에게 미안해하지 않는다는 사실을.

드라마가 끝나고 계속 곱씹은 세 장면이 있다. 첫 번째, 어릴 때 동석을 매일 때렸던 이복형제들이 "그땐 우리가 어려서."라고 말하는 장면. 이 장면은 가해자는 가해 사실을 다 잊는다는 것을 다시금 일깨워주었다. 가해자는 자신이 한 짓을 어떻게든 자기합리화하고 잊어버린다. 피해자도 너무 괴로워서 때로 잊고 싶지만 그래서 가끔은 기억 자체를 몽땅 잃어버리는 일도 생기지만 그럴 때조차 몸은 기억한다.

두 번째, 동석이 맞는 걸 알면서도 모른척한 엄마에게 "나한테 안 미안해?"하고 묻자 "내가 왜 미안해?"라고 옥동(엄마)이 답하는 장면. 엄마는 자식 때문에 악조건의 집으로 들어갔다. 옥동은 동석이 굶지 않는 게 중요했다. 그걸 해낸 자신이 갸륵하다. 엄마도 한 인간으로서 최선을 다해 살아간다. 자식에게 미안하기보다 힘들게 살아온 자신의 인생이 불쌍하다. 평생 먼저 간 자식을 가슴에 묻고 살아온 옥동으로서는 죽지 않고 버젓이 살아있는 동석은 참 다행스러운 자식이다. 자신의 마음에 차지 않는 부분이 있지만 살아준 것만으로도 고마워 야단 한 번 치지 않았다. 어쩌면 그런 자신을 스스로 대단하다고 여길지도 모른다. 그렇지 않은가. 남들이 보기에 동석은 개망나니 자식이고 옥동은 그럼에도 자식에게 큰소리 한 번 안치는 인내심 많은 엄마인 것이다.

세 번째, "다시 태어나면 또 엄마 아들로 태어날까?" 하고
동석이 옥동에게 묻는 장면. 옥동은 답을 하지 않는다. 그러
다 "내가 누나처럼 착하고 잘하면?"이라고 단서를 달자 옥동
은 그제야 고개를 끄덕인다. 다 큰 자식은 더 이상 자식이 아
니라 나를 맞먹는, 제일 어려운 대상이 된다. 동석이 소리 지

르고 덤빌 때 옥동은 무서웠고 불편했을 것이다. 더 이상 자
식과 부모로서가 아니라 위협적인 남이었을 것이다. 심지어
자식은 여전히 받을 거 못 받은 빚쟁이처럼 내놓으라고 한
다. 하지만 부모는 줄 것이 없고 더 이상 주는 입장이라고 생
각하지 않는다. 정확히 말하면 받을 게 있을 뿐이다. 그런데
옥동은 받을 마음을 품지 않았으므로 대단한 양반인 것이다.

그렇게 동석은 후레자식이 된다.

이 세 장면을 그대로 나에게 대입해보았다. 나는 엄마와의 관계에서 피해자라고 생각하지만 엄마는 다 잊었다. 엄마는 최선을 다해 엄마 인생을 살았으니 아무것도 미안할 게 없다. 성인이 된 자식이 엄마는 버겁다. 자식에게 바라지 않는데도 엄마에게 쌀쌀맞게 구는 딸이 엄마는 서운하다. 아, 내가 간과한 것이 이런 거구나. 인간은 누구나 자기 자신을 중심에 두고 살 수밖에 없으니, 엄마는 자식에게 못 해준 것을 이미 다 잊었고 그러니 내게 미안할 게 없을 뿐 아니라 이제 받을 차례라고 생각하겠구나. 엄마는 이제 내가 못 해준 것만 기억하겠구나.

노희경 작가가 밉다. 그녀가 아니었다면 몰랐을 인생의 베일을 벗겨버린 것 같다. 아니, 이제야 안 것은 아닐 것이다. 수십 번 듣고 깨닫고 잊힌 것을 드라마로 다시 생생하게 알게 된 거다. 안다고 해서 전부 받아들일 수 있는 건 아니지만 모를 때보다는 괴롭다. 통찰에는 고통이 따른다.

드라마의 마지막 장면, 된장찌개를 해두고 숨을 거둔 엄마를 끌어안고 동석은 울며 말한다. 내가 원한 건 이렇게 어멍을 안고 실컷 울고 싶었던 거라고. 동석이 바란 것은 대단한 게 아니었다. 그저 엄마에게 안기고 싶었던 거다. 죽은 어멍일지언정 동석은 그걸 했다. 그렇게 화해의 장면은 시청자에게 카타르시스를 준다.

하지만 현실은 다르다. 이야기의 끝이 '잘 살았습니다' 또는 '죽었습니다' 일 수밖에 없는 이유는 그렇게 마무리하지 않으면 그 문제가 다시 불거지기 때문이다. 만일 옥동이 계속 살고 있다면 동석은 과연 옥동의 병간호를 제대로 할 수 있을까? 며칠간의 마지막 여행이었으니 최선을 다해 곁에서 하고 싶었던 것을 다 해줄 수 있었겠지만 그게 몇 년간 이어진다면, 어쩌면 몇십 년 이어진다면?

게다가 옥동은 어린 딸 동이가 떠난 그 시점에서 한발도 벗어나지 못하고 있지 않은가. 남편과 먹었던 자장면을 먹겠다고 하는 거나 동석이 좋아하는 된장찌개(정말 동석은 된장찌개를 좋아했을까)를 해놓은 것만 봐도 아직 그 시절에 머물러 있다는 걸 알 수 있다. 옥동은 지금의 동석에게 전혀 관심을 기울이지 못한다. 동석을 위해 된장찌개를 끓인 게 아니라 좋았던 시절을 떠올리며 끓인 된장찌개일 뿐이다.

사람은 그렇게 쉽게 죽지 않고 그렇게 쉽게 화해하지 않는다. 상대를 이해할 수는 있지만 바로 용서로 이어지는 것은 아니다. 속풀이는 조금 될 수 있겠지. 동석이 옥동을 안고 우는 것으로 평생의 원한을 푸는 걸 보면서 어쩌면 나도 실컷 울고 나면 괜찮아지지 않을까, 그게 상담이라는 전문 분야가 있는 이유가 아닐까라고 생각해본다.

그렇다고 엄마를 안고 울 생각은 하지 않는다. 엄마는 내가 안고 울도록 가만히 있지 않을 것이다. 왜 그러냐고 묻고 답하다 결국 어긋날 것이다. 동석이 그것을 할 수 있었던 건 아이러니하게도 엄마가 죽었기 때문에 일방적으로 할 수 있었던 거다. 죽음으로 모든 것을 해소한 거다. 그러니 엄마가 아닌 무엇, 예를 들면 쿠션을 붙들고 울 수밖에. 그것으로는 부족하겠지만 그래도 하고 싶었던 그것을 하고 나면 조금은 낫겠지.

역시 노희경이다. 그녀가 아니라면 누가 옥동의 마음과 한계를 전할 수 있을까? 동석이 울부짖는 심정을 누가 담아낼 수 있을까? 곡진한 마음의 풍경을 그녀만큼 짚어내는 드라마 작가를 나는 아직 찾지 못했다.

팔 흡의 비밀

- 윤여정

"인생은 팔 흡이야."

아홉 살 때였나, 술집 마담 역의 윤여정 씨가 말했다. 아, 인생은 팔 흡이구나. 어느 드라마인지 어떤 맥락인지는 다 잊어먹었지만 그렇게 나는 인생의 비밀 하나를 알아버렸다.

어릴 적 온 가족이 둘러앉아 주말드라마를 보곤 했다. 그 녀가 나온 드라마를 보며 자랐다. 〈사랑과 야망〉, 〈사랑이 뭐길래〉, 〈목욕탕집 남자들〉, 〈디어 마이 프렌즈〉를 거쳐 〈바람난 가족〉, 〈죽여주는 여자〉, 〈계춘할망〉 등 잊지 못할 영화로 이어졌다. 그리고 〈윤식당〉과 〈윤스테이〉까지 챙겨

보던 중에 그녀는 세계적인 배우, 월드 스타가 되었다.

수많은 필모그래피를 가졌는데도 내 마음속 최고의 장면은 역시 소주잔에 팔 홉을 따르던 그녀의 모습이다. 대사 뒤에는 작가가 있다는 걸 이제는 알지만 윤여정 씨가 아니었다면 어린 내가 마음에 담을 만큼 인상적이었을까? 그녀가 아니었다면 그 말을 오랜 세월에 걸쳐 곱씹었을까?

그런데 그 말의 의미가 무얼까, 팔 할도 아니고 팔 홉은 뭘까? 검색 창을 뒤져보니 홉은 전통적인 용량 단위라고 쓰여 있다. 여전히 모르겠기에 술에 일가견이 있는 남편에게 물어보았다. 소주잔이 어쩌고 소주병이 어쩌고 하는데 역시 모르겠고 내가 알아들은 것은 술을 따를 때는 팔 부를 넘지 않아야 한다는 것 정도다. 그러니 인생도 팔 할이 적당하다는 것.

젊었을 때는 '올 오아 낫싱'이었다. 전부를 걸지 않으면 아무것도 아니었다. 사랑을 위해, 일을 위해, 신념을 위해 그게 무엇이든 몸과 마음을 바쳐 불나방처럼 달려들었다. 전부 옳거나 전부 그르거나, 열심히 하거나 아예 안 하거나. 그런데 '올 오아 낫싱'이 인생은 팔 홉이라는 말과 상충한다고 생각하지 않는다.

그녀가 유명해지면서 이런저런 프로그램에 나와 살아온 이야기를 했다. 아이들 데리고 먹고살기 위해 뭐든 열심히 했단다. 지금은 나이 들어 사치를 부리고(돈과 상관없이 좋아하는 작가나 감독의 작품을 선택하는 것을 그녀는 사치라고 표현한다), 그녀만의 패션을 고집하고, 특별히 좋아하는 사람들을 수집해서 만나고 있다고 한다. 바로 인생은 팔 홉이기 때문이다.

이제 인생은 팔 홉이라는 말을 이해했냐면 딱히 그런 건 아니다. 여전히 그 말의 의미를 찾아 헤맨다. 그 의미가 닿을 것 같은 이야기를 만날 때마다 반가워하고 기꺼운 마음으로 차곡차곡 모은다. 예를 들면 이런 것들이다. 달걀 속은 노른자와 흰자로 꽉 차 있을 것 같지만, 2퍼센트 정도의 공간이 있다는 것. 생명은 공간, 틈이 있어야 한다. 핸드폰 배터리를 꽉 채우지 말라는 것. 매번 100퍼센트까지 채워서 0이 되도록 쓰고 다시 100퍼센트 채우는 방식으로 사용하면 배터리 수명이 1/4로 떨어진다. 80에서 20 사이로 사용해야 더 오래 쓸 수 있다. 역시 과학적 진리는 자연의 진리이기도 하다.

신영복 선생님의 책 《담론》에도 비슷한 메시지가 있다. 자신이 가진 능력이 100이라면 70의 역량을 요구하는 자리에 가는 게 득위(得位)의 비결이라는 것. 자기 능력이 100이라고 100의 자리를 탐하면 120을 노력해야 부족한 부분 없이 항상 100을 유지할 수 있다. 그렇게 가진 것보다 더 애쓰며 살다보면 결국 자신을 갉아먹게 되니, 30의 여유를 가지는 것이 자신에게나 주변 사람에게나 안정적이다. 팔 할이 아니라 칠 할이지만, 같은 의미라고 생각한다.

김영하 작가도 비슷한 말을 했다. "저는 절대로 제가 할 수 있는 능력의 100퍼센트를 다하지 않아요. 쓸 수 있는 능력에서 60~70퍼센트만 씁니다. 인생에는 어떤 일이 벌어질지 모르니까요. 큰일이 생길 때를 대비해서 내 능력이나 체력을 남겨둡니다." 윤여정 씨가 열심히 산 것과 비슷한 의미라고 이해한다.

얼마 전 둘째가 내 훈육에 대해 흉을 본 적이 있다. 둘째는 어릴 때 생밤을 좋아했다. 내가 깎아주는 걸로는 만족이 안 되어 스스로 깎기 시작했는데 어찌나 섬세하게 깎는지 결이 그대로 살아있었다. 조금이라도 실수하면 제 성질에 못 이겨 울곤 했다. 그런 아이에게 내가 인생은 팔 홉이라고, 그 정도는 괜찮은 거라고 했단다. 얼마나 기가 막혔으면 아직도 기억하겠느냐며 나를 힐난했다. 글쎄, 기억이 나지 않습니다만….

옆에서 듣던 첫째가 말을 이었다. 밤새워 공부하고 시험을 봤는데 기대만큼 안 나와서 속상해하면 엄마가 위로랍시고 그 말을 했단다. 인생은 팔 홉이라고. 공부한 노력의 80퍼센트만 결과로 이어져도 다행인 거라고. 글쎄, 이번에도 기억이 잘….

변명을 해보자면 이런 거다. 영화 〈패왕별희〉에서 어릴 때부터 경극 배우로 고된 훈련을 받던 샤오라이즈는 학대를 못 견디고 도망 나왔다가 극장에서 멋진 경극 무대를 보게 된다. 샤오라이즈는 저렇게 잘하려면 얼마나 맞아야 하나 절망하고 자살한다. 나는 이 장면이 두고두고 기억에 남았는데 이 또한 인생은 팔 홉이라는 걸 깨닫게 해주었기 때문이다. 인생은 불완전해서 최선을 다해도 얻지 못할 때도 있는 건데 마음이 앞서면 실망과 포기가 먼저 온다. 공부를 열심히 한다고 해서 반드시 좋은 성적이 나오는 것이 아니고 좋은 성적을 받는다고 해서 누구나 최고가 되는 것도 아니다. 오히려 불완전함은 의외의 선물을 가져다준다. 아무에게나 주어지는 선물은 아니고 불완전하지만 계속 꾸준히 노력한 사람에게 어느 순간 주어지는 거다. 윤여정 씨처럼. 노력은 때로 뜻하지 않은 순간에 빛을 발한다. 아마 나는 아이에게 그런 말을 전하고 싶었던 것 같다.

국악 경연 프로그램 〈풍류대장〉을 보면서도 비슷한 생각을 했다. 출연진들이 자기소개를 하는데, 각자 자신의 분야에서 최고에 최고를 경신하는 국악인들이었다. 그럼에도 노래로는 먹고살기 어려워서, 오직 노래로 먹고살고 싶어서 경연에 도전하게 되었다고 했다. '세상에, 대한민국 최고가 되어도 먹고 살기가 어렵구나. 최고 따위 바라지도 말아야지, 대충 살아야지' 나는 얼른 결심했다. 노력은 해야겠지만 적당히 힘 빼고 살아도 괜찮지 않겠는가. 그 또한 팔 흡이 아니겠는가. 어쨌든 인생이 팔 흡이라는 말이 무슨 뜻인지 모른다면서 잘도 남발한다.

이 모든 게 내게는 윤여정 배우를 상징한다. 그러는 거 아냐. 그럼 못써. 안달복달할 때마다 그녀의 목소리가 머릿속에 재생된다. 100까지 충전하려던 마음을 내려놓고 플러그를 뽑는다. 세계적인 배우를 대사 하나에 묶어두긴 미안하지만 어쩔 수 없다. 내게 그녀는 팔 흡의 미덕을 가르쳐 준 존재다.

서툰 인생, 서툰 엄마

- 희도 엄마 신재경

드라마 〈스물다섯 스물하나〉에서 희도 엄마는 아이를 키워본 엄마의 입장에서 도저히 이해할 수 없는 고약한 성격이다. 희도의 마음을 알려고도 하지 않고 살갑게 대하지도 않는다. 희도 말에 의하면 돌아가신 아빠를 제일 잘 아는 사람은 희도와 희도 엄마 단 두 사람인데 엄마는 아빠 얘기를 못하게 한다. 그런 희도 엄마가 어이없도록 안쓰러운 장면이 있었다.

희도와 이진이 늦은 시간 희도의 집에 있었다. 그때 이진의 회사 선배이자 방송사 앵커인 희도 엄마가 집에 돌아왔다. 희도 엄마는 이진에게 기자로서 취재원과 거리를 두라며 나무란다. 옆에서 듣고 있던 희도는 일 얘기뿐이냐며 엄마로서 할 말은 없냐고 볼멘소리를 한다. 엄마는 잠시 고민하다 두 사람을 돌아보며 말한다. "사이좋게 지내렴."

그 순간 나는 뒤집어지게 웃었고, 오래 안쓰러웠다. 엄마라는 존재는 얼마나 허술하고 어설픈가. 희도는 아마 늦은 밤 남자와 함께 있는 딸이 걱정되지 않느냐는, 엄마의 관심이 담긴 잔소리를 듣고 싶어 물었을 거다. 그런데 희도 엄마는 딸의 마음을 조금도 읽어내지 못한다.

희도 엄마는 나쁜 사람이 아니라 서툰 사람이었다, 많은 엄마가 그렇듯이. 하지만 서툰 것도 때로는 나쁘다. 누구나 처음에는 서툴 수 있지만 엄마가 된 이상 점점 나아져야 한다. 느리게 나아지더라도 미안해하는 마음이 있다면 이해받을 수 있다. 그런데 희도 엄마는 미안해하지도 않고 당당하기만 하다. 나도 서툰 엄마였고 나쁜 엄마였다. 지금도 서툴고 나쁠 때가 있다. '엄마'라는 자리, 가끔은 무르고 싶기도 하다. 아마 그래서 희도 엄마를 보며 더 오래 마음 아팠던 것 같다. 서툰 엄마였던 어린 나를 떠올리며 여전히 나쁘기도 한 지금의 나를 떠올리며 그리고 현재 서툴고 힘들 수많은 엄마들을 떠올리며.

영원을 약속하며 뜨거운 여름을 보냈지만 어른이 된 희도는 그 여름을 전혀 기억하지 못한다. 작가는 굳이 우리에게 영원의 무상함을 보여준다. 그토록 아련하게 빛나던 순간들도 기억하지 못하면서 우리는 서툴고 나빴던 엄마만 기억하며 평생 미워한다.

세상의 수많은 딸처럼 나도 서툰 엄마가 미웠다. 엄마도 엄마가 처음이어서 그런 걸 거라고, 엄마도 힘겨운 시절을

보내면서 부족했던 엄마 노릇을 후회하고 아쉬워할 거라고 이해는 한다. 그럼에도 엄마는 내 평생 부족한 것들의 핑계가 되어주길 바란다.

내 아이들도 마찬가지로 내게 그러하다. 물론 나는 기를 쓰고 그 핑계가 되지 않으려 애쓴다. 아이는 대학을 정할 때 몇 개의 선택지를 두고 엄마의 결정을 바랐다. 나는 장단점

을 말해주었고 마지막 선택은 아이가 하게 했다. 주체적으로 키우기 위해서라고 했지만 그보다 아이의 핑계가 되고 싶지 않았다. 내가 선택하는 순간 분명 아이는 두고두고 내 탓을 할 테니까.

왜 우리는 서툰 엄마가 대물림되는 것을 내버려둘까. 왜 아무도 엄마가 어떤 거라는 걸 가르쳐주지 않을까. 왜 서툰 엄마가 양산되는 것을 알면서도 제도를 바꿀 생각은 안 할까. 왜 서툰 엄마가 되느니 차라리 엄마 되기를 포기하게 만드는 걸까. 왜 엄마만 서툴고 나쁘다고 할까. 아빠는 서툴러도 용서되고 용인되는 걸까. 사실 아이들은 아빠도 용서하지 않는다. 아빠에 대한 미움까지 엄마에게 보태어 엄마 탓을 하지. 그런데 아빠들은 자신의 몫이 있다는 것도 모르고 산다.

희도 엄마는 다른 데서는 전혀 서툴지 않은데 희도 앞에서만 쩔쩔맨다. 희도가 내던지고 간 메달을 창문으로 밀어 넣어주면서 자신을 변명하던 희도 엄마 모습은 어설픔 그 자체다. 자식들 눈에는 잘 띄지 않지만 엄마들은 자주 그런 태도로 자식을 대하곤 한다. 엉거주춤과 어쩔 줄 모름 그 사이 어딘가.

그런 희도 엄마를 역성 들어주고 싶은 마음이 슬그머니 생긴다. '사이좋게 지내렴'만큼 적절한 엄마 노릇이 어디 있냐고, 딸에 대한 굳건한 믿음이 있으니 그러는 것 아니겠냐고. 하지만 역시 어른이 부족한 건 미안해해야 하는 거니까 희도 엄마를 조금 미워하는 쪽으로 기운다. 아무래도 시청자인 나는 희도 엄마보다는 주인공인 희도 편이라.

그런데 그다음 편에 희도 엄마가 아닌 인간 신재경의 이야기가 이어졌다. 신재경은 뉴스 앵커로서 욕망이 크다. 사람들이 자신의 뉴스를 먼저 봐주기를 바란다. 타 방송사 뉴스와 경쟁하는 것이 아니라 다른 그 어떤 프로그램보다 자신의 뉴스가 먼저이기를 바라는, 프로의식으로 가득한 사람이다. 엄마이기 이전에 한 직장인, 직장인이기 이전에 한 사람으로서 자신의 꿈을 이루기 위해 애쓴다. 앵커 자리를 지키기 위해 힘겨운 나날을 보낼 무렵 먼저 세상을 떠나버린 남편을 원망하는 신재경을 누가 손가락질할 수 있을까?

예전 드라마였다면 아이와 함께 먹고살기 위해 발버둥 치는 엄마의 힘겨움을 다뤘을 것이다. 그러나 이 드라마는 달랐다. 희도가 펜싱을 계속하기 위해 전학을 하고 밤낮으로 훈련해서 결국은 금메달을 거머쥐는 모습에 환호하듯이, 신재경이 기자로서 최선을 다하고 앵커 자리를 탐하고 지금도 이진에게 닮고 싶은 멋있는 선배로 사는 것을 응원해마지 않는다.

신재경이 롤모델이라는 이진에게 희도는 말한다.

"나에겐 상처였지만 엄마는 널 꿈꾸게 했구나? 그건 그거대로 좋은데?"

그 순간 희도는 더 이상 "뉴스가 나랑 무슨 상관인데!"라고 소리치던 철없는 희도가 아니다. 아빠의 산소에서 흐느껴 우는 엄마 앞에서 희도는 열세 살 아이에서 제 나이로 쑥 자라 버린다. 그러니 세상의 엄마들이여! 제발 허물어져라. 때로는 아이 앞에서 허물어지고 기대라. 아이가 엄마에게 얼마나 큰 의지가 되는지 느끼게 하라.

제대로 된 애도는커녕 장례식도 못 가고 앵커로서의 자리를 지켜야 했던 신재경이 희도에게 기대어 울고 위로받듯이, 서툰 엄마 노릇 그만두고 자식을 자식으로만 머물게 하지 말고, 인간 대 인간으로서 삶의 고단함을 나누라. 그러기에는 희도가 너무 어렸다고? 아니, 제 손으로 밥숟갈만 들 수 있다면 인간은 누구나 도움이 되고 쓸모 있는 존재가 되고 싶어 한다. 일방적인 희생과 봉사로 이루어지는 우리네 부모 자식 관계를 벗어나 동등하고 독립적인 새로운 관계로 나아가야 한다.

공부 못 한 게 한이었던 우리 부모들은 뼈 빠지게 일해서 우리를 공부시켰고, 그 짐이 무거웠던 우리 세대는 돈은 내가 벌 테니 너는 자유롭게 살라 하며 자식을 키웠다. 친구 P도 그랬다. 우리나라 교육의 폐해를 온몸으로 겪고 자라 내 아이만은 행복하게 키우고 싶다며 멀리 유학을 보냈다. 그곳은 교사가 아이를 존중하고 개성을 자유롭게 펼치게 해준다고 자랑했다. 하지만 눈덩이처럼 불어나는 유학비를 감당하느라 늘 허덕였다. 결국 사이가 그다지 좋지 않은 친정집과 합쳤는데, 엄마는 그런 딸이 애처롭다. 틈만 나면 내가 널 어떻게 키웠는데 이렇게 사냐고 한탄한단다. 다방면에 능력 있었던 P가 오로지 자식 뒷바라지만 하고 있으니 얼마나 안타까울 것인가. 그런 어머니도 P의 뒷바라지만 하셨으면서. P는 아이가 그곳에서 대학도 다니고 취직도 해서 아예 정착하기를 바란다. 과연 P와 아이는 행복할까. 그곳 말고 이곳을 자유로운 교육의 장으로 만들기 위해 애썼다면 어땠을까. 여기서도 개성을 펼치며 행복하게 살 수 있다면 우리의 삶도 나아지지 않았을까. 과연 누군가의 희생을 딛고 올라선 행복이 행복일까. 희생은 또 다른 원망으로 이어지지 않을까. 이미 우리가 경험했듯이. 그런데 지금 세대는 한술 더 떠 내 아이만큼은 어떠한 상처도 받지 않게 하겠다며 자기 품속에 자식을 가둔다.

어른이 된 희도가 엄마와 수면내시경을 받는 장면이 있다. 희도는 엄마에게 어디 가지 말라며 손을 내밀고, 엄마는 "너무 혼자 뒀어, 엄마가."라며 희도를 안쓰러워한다.

아, 실망이다. 기껏 독립적인 희도와 신재경을 보여주고서 갑자기 퇴행한 모습이라니. 희도는 더 이상 열세 살이 아니다. 자신을 단련하여 한 분야의 최정상에 오르며 성숙한 어른으로 자랐다. 그런데 왜 갑자기 곁에 없으면 불안한 부모 자식이 되어버린 건가. 좋게 해석해서 다정하게 나이든 엄마와 자식의 모습을 보여주려고 한 거겠지만 자식을 독립적으로 키워낸 엄마가 혼자서도 잘 사는 모습을 보여줬다면 얼마나 좋았을까. 우리는 여전히 당당한 노인 신재경을 보고 싶다. 딸이 아니라 새로운 이웃들과 서로를 돌보거나 여전히 세상에 관심을 가지고 의미 있는 삶을 살아가는 선배 할머니의 모습이어도 좋겠지. 드라마도 이제 시대를 이끌어가는 담론을 던질 때가 되지 않았나? Why not?

나를 키운 그녀들

말 그대로 먹이고 재우고 입혀준 그녀들이 있다.

품어주고 얼러주고 달래준 그녀들 덕에

지금껏 무사히 살아남았다.

이제 그녀들이 빚어준 세계 위에 우뚝 섰다.

너는 그렇구나

"오늘은 할머니랑 잘 거야."

할머니가 오신 날 아이들은 베개를 들고 할머니 방으로 건너갔다. 할머니랑 자겠다는 아이들의 목적은 할머니의 옛날이야기다.

아이들의 할머니, 즉 나의 시어머니는 코로나가 있기 전까지 유치원에서 '이야기 할머니'로 활동했다. 나는 그게 몹시 의심스럽다. 왜냐면 그녀가 옛날이야기를 제대로 끝내는 걸 한 번도 본 적이 없기 때문이다. 과연 유치원에서도 그 비법이 통하는 걸까?

할머니의 옛날이야기를 전하자면 대충 이러하다.

"옛날에~ 옛날에~. 흥ㅎㅎㅎ."

할머니가 웃기 시작한다.

"응, 할머니. 옛날에?"

할머니의 웃음에 아이들은 벌써 신이 나서 몸을 가만히 두지 못하고 펄쩍거린다.

"호랑이가~ ㅎㅎㅎㅎ힣ㅎ. 호랑이가 있잖아, 으하아하앙ㅎ."

할머니가 배를 잡고 웃어댄다.

"할머니, 호랑이가 응, 응? 크크크."

"ㅎㅎ흫ㅎ, 호랑이가 방귀르을, 바앙귀르으을."

그냥 방귀도 아니고 '바앙귀르으을'이라고 말의 뒷부분을 잔뜩 끌어올리고 웃느라고 제대로 말을 잇지 못한다.

"호랑이가 방귀를 캬캬갸갹."

끝! 할머니의 비법은 그냥 '웃음'이다. 아이들은 박장대소하며 웃고 뒹굴다 자기들끼리 엉덩이를 흔들며 방귀 뿡뿡뿡을 해댄다. 그렇게 셋이 웃기만 하다가 할머니는 "그만 자자." 이불을 여민다. 아이들은 눈을 감은 할머니 옆에서 키득거린다. 할머니는 금세 코를 골고, 할머니의 코 고는 소리를 흉내 내던 아이들은 결국 졸린 눈을 비비며 내게로 건너온다. 할머니 옛날이야기는 매번 똑같다. 그래도 아이들은 새로운 이야기를 들은 것처럼 좋아한다. 아이들만 그런 게 아니라 그녀와 있으면 이상하게 나도 자꾸 웃게 된다.

그녀는 신명이 남다르다. 집안 내력인 것 같다. 결혼하고 얼마 뒤 그녀의 환갑 때였다. 이모가 아홉인지 자매가 아홉인지 아직도 헷갈리는데, 아무튼 그날도 많이 모였다. 누가 봐도 이들은 가족이구나 싶게 모두 닮아서 세월 따라 나이 든 모습이 사진에서 걸어 나와 실물로 서 있는 듯했다. 그녀들은 만나자마자 반갑다고 웃기 시작한다. 누가 뭔가를 물어도 여기저기서 와르르 웃느라 제대로 답을 들을 수 없다. 이쪽에서 말하면 저쪽에서 웃고, 저쪽에서 말하면 이쪽에서 웃어댄다. 여기저기서 웃음이 터지는 가운데 각자 말하기를 그치지 않는다. 술이 한잔 들어가면 노래를 시작한다. 한 사람이 선창하면 다 같이 따라 부르고, 또 다른 사람이 선창하면 또 따라 부르며 이어가고 이어가고 또 이어간다. 음식을 내어도 내어도 끝이 없고 노래를 불러도 불러도 끝이 나지 않는 걸 지켜보다가 나는 시선이 닿지 않는 곳 어딘가에 숨어 잠들어버렸다.

아침에 부스스 눈을 뜨니 다들 곱게 화장하고 있었다. 명절에 큰댁에 갔을 때도 제사상을 차리기에 앞서 모두 화장했다. 그녀는 내게도 얼른 화장하라고 일렀다. 친정에서는 보지 못하던 풍경이라 몹시 낯설었다. 평소에도 그녀는 곱게 화장하고 고운 옷 입고 집안일을 시작한다. 땀이 많아서 금세 다 지워지는데도 화장하기를 거르지 않는다. 어쩌면 그녀에게 화장은 오늘도 잘 놀아볼까나, 하고 부릉부릉 시동을 거는 행위인지도 모르겠다.

이모님들은 화장을 끝내고 새로운 판을 벌였다. 이야기와 웃음과 술과 노래, 거기에 빠진 것이 하나 있지 않은가. 바로 춤. 어젯밤 그걸 채 하지 못했으니 식전부터 신나게 몸을 움직였다. 다른 가족은 익숙한지 아무렇지 않게 각자 자기 할 일을 했다. 낯선 사람은 오로지 나 혼자였고 불편한 사람은 아버님이었다. 아버님은 평생 보아서 이제 그러려니 할 법도 한데 조금도 그러지 못했다. 그런 아버님을 눈치 보는 사람도 역시 나뿐이었다. 잔치가 끝나고 이모님들이 모두 돌아가신 뒤에도 어머님은 여전히 흥이 남아 콧노래를 흥얼거렸다. 아버님은 그제야 투덜투덜 불평을 늘어놓았지만 역시 아무도 귀 기울이지 않는다. 어쨌든 불평을 늘어놓았으니 그걸로 아버님도 진정이 된 듯했다.

또한 그녀는 자주 울었다. 드라마에 울고, 구성진 노랫가락에 울고, 누군가 조금만 다쳐도 미간을 찡그리면서 안쓰러워하며 눈물을 찍어낸다. 거친 손으로 다친 부위를 정성스레 문지른다. 그녀의 눈물과 걱정 가득한 목소리를 들으면 문지르기만 하는데도 절로 아픔이 잦아든다.

그녀는 나들이도 즐겼다. 계절이 바뀌기 무섭게 언제 나들이 갈 거냐고 물었다. 화창한 어느 봄날, 어머님을 모시러 갔더니 내 손을 잡고 장을 보러 갔다. 닭 튀기고 김밥거리 사서 집으로 돌아와 김밥 말고 과일 씻고 음료 챙겨 점심나절에야 공원으로 출발했다. 장에서부터 꽈배기 사먹고 김밥 꽁다리 집어 먹는 즐거움은 덤이다. 여행은 준비하는 데서부터 시작된다는 말을 제대로 실천한다. 드디어 공원에 도착해 어린 아들은 공을 들고 잔디밭으로 뛰어가고 어머님은 김밥 도시락을 여는데 산 너머로 해가 뉘엿뉘엿 넘어가고 있었다.

잘 웃고 잘 울고 잘 노며 희로애락을 온몸으로 즐기는 그
녀와 달리 나는 속으론 콩 볶듯 안달하면서 겉으로는 관심
없는 척, 괜찮은 척, 무심한 척 산다. 이토록 다른 삶의 방식
에도 내가 그녀를 좋아할 수밖에 없는 이유는 그녀가 나를
나대로 내버려두기 때문이다. 신혼 초 안부 전화를 잘하지
않는 내게 "너는 그렇구나. 그래, 별일 없으면 됐지. 궁금하
면 내가 하마."하고 나를 인정할 때 의아하면서도 안심이 되
었다. 이것을 시작으로 그녀는 뭐든 있는 그대로 수용했다.
내가 먼저 말하지 않으면 크게 궁금해하지 않았고 왜냐고 묻
지 않았다. 대신 뭐가 필요하다고 말하는 순간 누구보다 살
뜰하게 관심 가져주었다.

처음 시댁에 인사드리러 간 날도 그랬다. 칠 년을 사귈 동
안 말씀이 없으셨는데 갑자기 삼계탕을 먹으러 오라고 했
다. 긴장해서 갔는데 다른 가족은 이미 식사를 마친 후였고,
어머님과 아버님은 거실에서 김칫거리를 다듬고 있었다. 둘
이 편하게 먹으라고 일부러 자리를 피하신 거다. 집에 돌아
온 후 나에 대해 뭐라고 하더냐고 남편에게 물었더니, 아무
말 없었다며 무슨 말을 해야 하는 거냐고 되물었다. 나는 이
해가 되지 않았다. 며느릿감을 보고 아무 말도 없다니 싫다

는 건가 아니면 듣기 좋은 말이 아니어서 숨기는 건가. 당연히 나를 평가하고 판단할 것이라고 생각했지만 그녀는 가타부타 말하는 사람이 아니었다. 가족이 될 사람이라면 그저 받아들일 뿐.

반면에 나는 도망갈 궁리부터 했다. 결혼이라는 제도의 비합리적인 부분을 너무 잘 알지만 현명하게 대처할 자신이 없었다. 그저 피하는 게 상책이라고 시댁과 최대한 거리를 두었다. 친정의 반대를 무릅쓰고 하는 결혼이라 더 그랬던 것 같다. 그래봤자 소용없는 것도 모르고. 공감력 하나는 끝내주는 어머님은 방목하면서도 나를 울리고 웃겼고 나도 모르게 그 안으로 끌려갔다. 덕분에 나는 친정에서 자란 시절보다 더 온전한 나로 단단해졌다.

명절에 시댁에 다녀오던 어느 날, 남편에게 뜬금없는 고백을 했다.

"나, 우리 어머님 사랑하는 것 같아."

어른에게 쉽게 마음을 주지 못하는 내가 처음으로 마음을 준 대상이 시어머니라니 믿을 수가 없다. 그 놀라운 일이 내게 일어났으니 인생이란 참 알다가도 모르겠다.

누군가는 시월드에 대한 기대치가 낮아서 가능했으리라

고 말한다. 그럴 수도. 애초에 인간에 대한 기대치가 높은 게 문제다. 개별 인간은 모두 다른데 서로 공감할 수 있을 거라고 기대하는 것 자체가 잘못이 아닐까. 그러니 방목이 답이지.

그녀가 없었으면 어쩔 뻔했어!

"와우, 오늘 스타일 좋네."

그녀가 준 옷을 입은 날이면 어김없이 듣는 소리다. 평소의 나와는 다른 분위기가 난다고 한다.

내 옷의 대부분은 그녀가 준 옷이다. 작아져서 주고 예뻐서 주고 편해서 주고 따뜻해서 준다. 쇼핑하다가 딱 내 것이다 싶어서 사서 보내고, 엄마 옷 살 때 아버지 옷 살 때 동생옷 살 때 신경 쓰인다며 내 옷까지 사서 보낸다. 겨울옷, 여름옷, 가죽 잠바, 트렌치코트, 재킷, 바지, 점퍼 등 내 장롱 안에는 그녀가 준 옷들로 그득하다.

옷뿐만이 아니다.

"이거 만드는 거 힘든 거 알지? 누구 주지 말고 혼자 먹어."

여름이면 씨 부분을 도려내고 사등분해서 소금과 설탕에 절인 매실장아찌와 딱 맞춤하게 익은 매실 진액을 챙겨주고, 겨울이면 꿀로 담근 모과차를 챙겨준다.

내 얼굴을 요리조리 살펴보면서 화장품도 건넨다. 뿌리는 것, 바르는 것, 칠하는 것, 몸에 바르는 것, 얼굴에 바르는 것, 손에 바르는 것, 입술에 바르는 것 등. 겨울이면 바디로션과 오일, 립밤을 여름이면 선크림과 미스트를 챙겨준다. 그러면서 부담되지 않게 꼭 한 마디를 덧붙인다.

"마침 1+1을 하잖아."

주방용품도 빠질 수 없다. 고기 구울 수 있는 그릴과 전골을 할 수 있는 전기냄비, 커피 드리퍼와 그라인더, 그 외 소소하게 위생비닐, 기름종이까지 품목도 다양하다. 그뿐 아니라 나라면 절대 사지 않을 후추병, 기름병까지 골고루 바리바리 싸준다. 그녀의 집에 갈 때 아무리 내가 신경 써서 뭔가 들고 가 봤자 나올 때 내 손에 들린 보따리는 두 번 세 번 차에 옮겨 실어야 할 만큼이다.

얼마 전에는 영양제가 잔뜩 든 택배가 왔다. 아침에 먹는 것, 식전에 먹는 것, 밥과 함께 먹는 것, 식후 먹는 것을 구분해서 효과와 효능, 보관 방법까지 깨알같이 써서 보냈다.

"영양제는 절대적으로 믿고 먹어야 해, 알았지? 우리 나이에는 먹을 때는 모르지만 안 먹으면 티가 팍팍 나는 거야. 그리고 약이 아니라 다 식품이니까 안심하고 먹어."

먹는 것에 까다로운 내가 시큰둥한 반응을 보이자, "믿숩니꽈?"를 몇 번이나 외치며 신신당부한다.

"떨어지기 전에 미리 연락해. 연락 안 오면 안 먹었다고

보고 다 돈 받을 거야. 다른 건 몰라도 영양제는 돈을 안 내면 귀한 걸 모른다니까."

협박 아닌 협박이다. 내게만 그러는 게 아니다. 남편에게는 옷과 시계 목도리를, 아이들에게는 용돈과 선물을 꼬박꼬박 챙겨준다. 대학 입학할 때 첫째 아이에게는 코트, 둘째 아이에게는 노트북을 사주었다(얼마 전에야 겨우 할부가 끝

났단다).

받기만 하면서도 나는 가끔 구시렁거린다. 나도 내 스타일이 있는데 내 마음대로 살 수가 없어. 그렇지 않아도 쇼핑 같은 건 잘 못하는데 이제는 어디 가서 사야 할지조차 모르게 됐잖아. 사주는 것만 쓰다 보니 물가를 아예 모르겠어. 그나저나 나중에 내가 얼마나 갚아야 하는 거야? 이렇게 저렇게 툴툴대면서도 제대로 갚은 적은 한 번도 없다. 받기만 한 지 어언 30년째.

이렇게 아낌없이 퍼주는 그녀의 이름은 시누이다. 수많은 안타깝고 분노스럽고 어이없는 일들이 난무하는 시월드에서 가장 얄미운 감초 역할인 시누이가 설마? 아낌없이 주는 대신 알 수 없는 수많은 이유로 괴롭히겠지, 의심도 들 것이다. 나도 두려웠다. 언제 터질지 모르는 시한폭탄을 들고 있는 것처럼. 하지만 앞서 얘기했듯이 30년째 무사하다(앞으로도 일어나지 않을 가능성 99퍼센트, 1퍼센트의 가능성은 분명 있다).

남편보다 두 살 많은 시누이는 비혼으로, 시부모님과 같이 산다. 생활비와 그 외 모든 것을 책임지며, 부모님의 병원 수발까지 들고 있다. 싹싹하기 그지없는 성격이어서 젊어서부터 나를 긴장하게 했다. 다행히 그녀는 자기 몸을 움직이는 데 최선을 다할 뿐 다른 이에게 자신과 같이 하라 요구하지 않았다. 이제 노안과 관절염 등으로 예전처럼 빠릿빠릿하지 못하지만 여전히 가족에게 극진하다.

아버님은 입원하고 어머님은 허리를 다치고 그녀도 관절염으로 병원 세 군데를 동시에 다닌 적이 있었다. 안절부절못하는 내게 "너만 아프지 않으면 돼."라는 말을 건네서 나를 먹먹하게 했다. "네 남편에게 엄마한테 안부 전화나 자주 하라고 해."라고 보태다가 그마저도 본인이 직접 말하겠다고 했다.

그녀의 베풂은 넉넉해서가 아니다. 월급 생활하는 직장인이고 부모님을 모시는 가장인지라 늘 빠듯하고 미래가 불안정하지만 여건과는 상관없이 주변을 챙기는 것이 몸에 배어 있는 성품일 뿐이다(남매가 어찌 그리 다른지, 눈을 흘겨본다). 뭐든지 풍성하게 해서 나누는 것을 즐긴다. 그녀라고 내가 못마땅한 구석이 없겠는가. 그런데 그녀는 부족한 올케들을 향해, 자꾸 어둔해지는 엄마를 향해 "귀여워."를 남발한다. 그 모든 감정을 '귀여워'에 담아 눙친다. 그녀만의 사랑법이다.

그녀가 원하는 게 아예 없지는 않다. 바로 엄청 기뻐하는 것. 생색내기 전에 어마어마하게 좋아해야 한다. 생색내도 할 말은 없지만 또 엄청 잘하니까 엄청 고마운 게 당연하지만, 그 고마움을 오버해서 표현하지 않으면 서운해 한다. 당연하다. 천성이 오버를 잘 못하는 나지만 그녀를 위해 한껏 오버한다. 진심으로 고마우니까. 그 마음이 전해지도록 최대한 오버하면서 감사를 전한다.

"엄마, 고모가 없었으면 우리 어쩔 뻔했어?"

명절을 보내고 집으로 오는 길에 아이가 이런 말을 했다. 기껏 명절 때나 얼굴을 보는데 아이 눈에도 고모의 역할이 어마무시해보이나 보다. 명절을 명절답게 웃고 떠들고 즐길 수 있는 상황을 모두 그녀가 만들어낸다고 해도 과언이 아니다. 음식을 미리 고민하고 재료를 준비하고 최대한 모두가 앉아서 함께 먹을 수 있도록 자리를 만든다. 설거지라도 할라치면 먼 길 가는데 어서 가라고 등 떠민다.

"아이고, 그러게나 말이다. 고모 없으면 어쩔 뻔했냐."

중얼거리다 막막해졌다. 딸이 없는 나는 "너희는 나중에 어쩌냐?" 하다 고개를 흔든다.

"아니, 딸인 나도 우리집에서 그렇게 못하거든. 딸이어서 잘하는 게 아니니 너희도 할 수 있어. 배워야 해."

아이에게 말하면서도 말꼬리가 흐려진다. 아무나 고모처

럼 잘할 수는 없지.

덧. 물론 인간은 누구나 단점이 있고 때로 장점도 단점이
된다. 시누이가 마냥 좋기만 한 건 아니다. 그런데 그녀는 단
점을 덮고도 남을 만큼 많이 베푸니 싫을 틈이 없다. 얼마 전
아버님이 요양원에 계시다 돌아가셨다. 그동안 시누이가 전
부 뒷바라지했다. 보내드릴 때도 그녀는 가족 모두가 마음
힘들지 않게 살뜰히 챙겼다. 대한민국의 며느리로서, 아니
가족의 한 사람으로서, 시아버지의 건강 이상이나 부재 시에
도 살던 대로 살 수 있게 해준 그녀가 감사할 따름이다. 그렇
지만 시누이를 잘 둔 건 전적으로 내 복이다. 암~.

격한 환호가 보장된 든든한 보험

내게는 두 명의 친언니가 있다. 큰언니는 미국에 살아서 자주 못 보고 작은언니는 바빠서 자주 못 본다. 얼마 전 작은 언니랑 처음으로 여행을 가기로 했다. 최근 특별히 친해졌냐 면 딱히 그렇지는 않다. 그저 전에는 때가 맞지 않았고 지금 은 맞았을 뿐이다. 그만큼 언니와는 자주 만나지 못해도 아 무렇지 않은 그러려니 하는 사이다.

언니가 예매한 기차표를 보내왔는데 시간을 보고 경악했 다. 새벽 6시 43분 출발. 잠깐 잊었다. 언니는 이런 사람이다. 항상 부지런하고 뭐든 열심히 하는 사람. 언니에게 나라는 사람에 대해 다시 경각심을 일깨우기로 했다.

"나는 이렇게 못 가. 10시쯤 출발할 거야."

그러자 금세 9시 26분으로 변경한 기차표를 보내왔다. 가고 싶은 곳과 하고 싶은 것을 마음대로 정하라면서. 나는 식당 두 군데와 서점 한 군데 링크를 보냈다. 우리가 가는 곳은 무려 여수였지만 나는 여수 밤바다나 오동도를 걸어 다닐 생각이 없다. 발길이 닿으면 몰라도 굳이 찾아갈 의지는 전혀 없는 게으른 여행자다. 결국 언니는 나보다 하루 일찍 가서 향일암과 돌산공원, 오동도 등을 미리 다녀왔다. 다른 사람이었다면 무리가 되더라도 상대가 원하는 일정을 어느 정도 맞추기 위해 동동거리겠지만 언니에게는 전혀 그럴 필요가 없다. 언니는 내가 유일하게 편하게 방귀를 트는 사람이니까.

내가 정한 식당에서 저녁을 먹고나서는 호텔에 널브러졌다. 언니는 가방에서 옷을 꺼내 입어보라고 했다. 옷을 입은 내게 언니가 뭐라고 할지 뻔하다. "너한테 더 잘 어울려, 가져." 예상대로 언니는 예쁘다고 감탄했다. 언니 눈에나 그렇지, 시큰둥하게 답하다 순간 깨달았다. 나에게 예쁘다고 하는 사람이 있다, 그것도 어릴 때부터!

정말 그랬다. 어릴 때부터 나를 바라보는 언니 눈에는 '예쁜 내 동생'이라고 쓰여 있었다. 세상에, 내가 누군가의 예쁨을 받고 컸다니. 사랑도 예쁨도 받지 못했다고 항상 징징거렸는데 이 중요한 사실을 지금까지 몰랐다니. 결국은 내가 선택한 거다. 듣고 싶은 것만 듣고 받아들이고 싶은 것만 받

아들였다. 이제 사랑받고 예쁨 받았음을 확인했으니 더 이상 핑계는 없다. 그만 뚝!

"너는 좋겠다, 예쁨도 받고." 순간의 깨달음을 말하자 언니는 진심으로 나를 부러워했다. 그러고 보면 언니는 예뻐만 한 게 아니라 내가 하는 모든 일에 환호를 보낸다. 옷을 입으면 모델을 하라고 하고, 사진을 찍으면 사진가가 되어보라고

하고, 그림을 그리면 전시회를 열자고 하고. 언니의 환호가 이렇게 허황되니 신뢰성이 떨어지지.

반면 나는 언니가 부러웠다. 언니는 뭐든 잘했다. 착하고 예의 바르고 공부도 잘하고 그림도 잘 그리고 글씨도 잘 썼다. 언니가 나에게 보내는 콩깍지 씐 환호 같은 게 아닌 진짜 잘해서 학교에서 인정받고 엄마의 자존심을 지켜주는 딸이었다. 언니는 징징거리는 나를 대신해 포스터를 그려주고 표어를 만들어주고 수학을 가르쳐주었다.

언니의 책과 공책 뒷면에는 항상 만화 그림으로 가득했다. 언니는 그림을 그리면서 지어낸 이야기를 들려주며 나와 낄낄대다 엄마가 오면 공책을 탁 덮고 수학 문제를 푸는 척했다. 나를 무릎에 눕혀 귀를 파주기도 했는데 아득해지고 나른해지는 그 느낌이 좋아 수시로 귀를 들이밀곤 했다.

언니는 대학생이 된 이후 이른바 운동권이 되었다. 순둥이였던 언니가 엄마와 자주 보이지 않는 전쟁을 했다. 엄마는 수업 외에는 아무 데도 못 가게 했고, 언니는 마음먹은 일은 기어이 하고야 말았다. 그것도 엄마 몰래 하는 게 아니라 어떻게든 엄마의 허락을 받아냈다. 하루는 언니가 종일 현관문 앞에 서 있었다. 뭔지 몰라도 엄마가 허락하지 않았던 모양이다. 언니는 아무 말 없이 아침부터 해가 꼴딱 넘어갈 때까지 망부석처럼 서 있었다. 지친 엄마가 털퍼덕 주저앉으며 손을 휘젓자, 언니는 "다녀오겠습니다." 고개 숙여 인사하고 나갔다. 내가 본 최초의 침묵시위였다. 대학 시절 내가 하고 싶은 것들을 다 할 수 있었던 건 언니가 길을 잘 닦아놓은 덕분이다.

청년이 된 언니는 완강하게 자신을 몰아세워 단단해졌다. 언니는 어릴 때부터 우리가 겪은 크고 작은 차별이 가부장제이며 여성문제라는 걸 깨닫게 해주었고, 언니 덕분에 나도 사회문제에 눈 뜨게 되었다. 눈빛이 형형하던 언니가 얼마나 아름다웠는지 언니는 모를 거다. 그때 나는 언니를 우러러보았던 것 같다.

이젠 세월이 흘러 눈빛은커녕 처진 눈꺼풀만 보이지만, 그건 또 그거대로 편하고 좋다. 젊을 때야 단단하고 형형한 눈이 가슴 뛰게 하지만 지금은 가슴 뛰어봤자 부정맥이나 부를 뿐이다.

언니는 조금 늦은 결혼을 했는데 아주 로맨틱한 스토리가 있다. 언니는 형부와 세 번이나 맞선을 봤다. 각기 다른 사람이 다른 통로로 주선을 했는데 세 번이나 형부였다는 말이다. 거의 10년에 걸쳐서. 매번 형부는 결혼하자고 했고 언니는 거절했다. 그러다 세 번째 맞선을 보고 와서 언니는 말했다.

"이럴 줄 알았으면 젊은 놈(!)이랑 할 걸 그랬어."

이때부터 나는 '49대 51'이라는 개똥철학을 가지게 되었다. 인생에 중대한 결정을 할 때나 한 끼의 식사 메뉴를 고를 때나 우리는 한껏 신중하게 선택하지만 인생이란 어차피 거기서 거기, 2퍼센트 차이니까 망설이지 말고 주어지는 대로 받아들이자는 거다. 만날 사람은 언젠가는 만나고, 닥칠 일은 언젠가는 닥치고, 할 일은 언젠가는 하게 되더라.

"만약에, 만약에 내가 늙고 병들어서 갈 데 없으면 언니네 집에 가도 되지?"

침대 위를 뒹굴다가 문득 물었다. 그즈음 유난히 늙음과 죽음에 대한 두려움과 '혹시 갈 곳 없는 노인이 되면 어쩌지?' 하는 불안으로 힘들 때였다.

"당연하지. 내가 살아있기만 하면 너 하나 못 거두겠냐?"

언니는 언니라서 가끔 쓸데없는 걱정과 괜한 잔소리를 늘어놓는데 이번에는 군말 없이 받아주었다. 하, 이제 됐다. 언니가 나보다 며칠만 더 오래 살면 된다. 동생다운 아주 얄미운 말이지만 그래도 마지막까지 나는 언니의 동생 짓하련다. 언니는 내게 아주 든든한 보험이다.

생각의 게으름을 깨우쳐야 어른

같은 과 동기지만 그녀는 주로 학보사에서, 나는 동아리에서 활동해서 접점이 별로 없었다. 어느 날 선배가 여학생신문을 만들겠다며 우리를 한자리에 모았다.

편집회의를 하던 중이었다. 누군가를 섭외해서 인터뷰하고 싶었는데 과연 그분을 만나는 게 가능할지 알 수 없었다. 지금처럼 이메일이나 SNS 등이 없던 때여서 어떻게든 인맥을 통해야 했다. 만일 섭외할 수 없다면 다른 대안은 있는지 떠올려보다가 잠시 쉬는 시간을 갖자고 했다. 기사라고는 써본 적이 없는 나는 편집회의가 낯설고 버거웠다. 바람이나 쐬려고 밖으로 나갔는데 공중전화 앞에 선 그녀가 눈에 띄었다. 핸드폰은커녕 공중전화도 많지 않아 점심시간이면 길게 줄이 이어지던 시절이었다.

　잠시 후 다시 회의가 시작되었다. 그녀는 인터뷰가 가능하다는 소식을 알렸다. 선배는 반색하며 연락처를 어떻게 알아냈냐고 물었다. 그녀는 여기저기 전화해서는 결국 대여섯 명을 거쳐 연락처를 알아냈다고, 그리하여 인터뷰 허락까지 받았다고 했다. 처음에는 어안이 벙벙했다. 그리고 아차 싶었다. 일을 한다는 건 책상머리에서 고민만 하는 게 아니라 일단 부딪치는 것이었다. 기자라면 아니 기자가 아니라도 무언가를 하려면 당연히 갖춰야 할 태도일 것이다. 하지만 나는 그때 '놀고먹는 대학생' 노릇을 하던 때였고 딱히 내게 주어진 것이 아니면 아무 생각 없던 수동적인 인간이었다. 게다가 머릿속에서만 일을 굴려보는 태생적인 게으름뱅이이기도 했다.

　작은 사건이지만 내게는 큰 변곡점이 되었다. 내가 선 곳에서 어떤 일들이 벌어지고 있는지 파악하고, 내가 할 수 있는 일이 무엇인지 살피고, 그것을 실현하기 위해서는 우선 움직여야 한다는 것을 처음으로 깨달았다. 그 단순한 사실을 몰라서 멍하니 시키는 대로 하다가 후회하는 일이 좀 많은가.

　이명수 심리기획자는 한 인터뷰에서 '새처럼 인식하고 산다'는

(오래된 일이라 정확하진 않지만) 표현을 했다. 새의 눈은 양쪽에 붙어있어 거의 300도에 가깝게 앞뒤를 다 볼 수 있다. 게다가 위에서 내려다보기 때문에 전체를 조망하는 능력도 뛰어나다. 나는 새처럼 살아야겠다고 마음먹었다.

물론 잘 해내지는 못했다. 새는커녕 눈가리개를 한 경주마처럼 내 발밑만 보다가 내가 선 곳이 어딘지 몰라 헤맸고, 뒤통수를 맞기도 했으며, 여전히 생각만 하느라 때를 놓치기도 했다. 어쨌든 그날로 나는 어른이 되었다. 주어진 공부만 하던 시기를 벗어나 내가 할 일을 찾아 나설 줄 아는 게 어른이 아닌가. 멀리 미국에 산다는 그녀에게 인사를 보낸다.

봄밤 이불 속에서 보여준 세상

나를 지극히 예뻐하는 작은언니에 비해 큰언니는 '우리 못난이, 우리 못난이'라고 귀에 인이 박히도록 놀려댄 못된 언니다. 언젠가 그때 왜 그랬냐고 물었더니 "귀여워서 그랬지." 아무렇지 않게 대답해서 황당했다. 모나게 굴었던 세월이 허무하다. 제발 그런 장난 좀 치지 말았으면 좋겠다. 장난으로 던진 돌멩이에 동생은 제 머리를 친다. 그럼에도 큰언니는 내게 훔쳐볼 세계가 되어준 최초의 타인이다.

내가 아직 초등학생이고 큰언니가 고등학교 막 들어갔을

무렵이라고 기억한다. 나이 든 지금에야 5살 차이가 별거 아니지만 어린 시절 초등과 고등은 아기와 엄마만큼이나 큰 차이다. 그때 언니는 가끔 선잠이 든 나를 깨워 이런저런 이야기를 들려주었다. 주로 책이나 영화 또는 언니 친구들 이야기였다. 동경해 마지않는 열일곱 소녀의 세계라니, 어떻게 눈을 반짝이며 듣지 않을 수 있었겠는가.

그날도 언니는 내 콧등을 톡 치고선 자냐? 했다. 나는 기대를 감추지 못하고 눈을 떴는데 언니의 표정이, 아니 그걸 표정이라고 할 수 있을까? 표정이라기보다 영혼 그 자체였다. 환한 영혼이 내 눈앞에 있었다.

언니는 막 영화 〈테스〉를 보고 온 터였다. 봄밤의 풋풋한 흙냄새가 이불 속으로 번졌다. 나는 코를 킁킁거리며 언니의 이야기를 기다렸다. 언니는 나를 불러 놓고 혼자 골똘히 생각에 잠겼다. 언니는 먼 곳 어딘가를 응시하고 있었다. 나는 그런 언니를 보는 게 좋았다. 언니의 눈빛은 점점 또렷해지더니 천천히 이야기를 시작했다. 배우 이야기인지 주인공 이야기인지 오락가락했고 자주 멈췄다. 남녀의 사랑과 연민 그리고 뒤얽힌 운명이 어지럽게 펼쳐졌다. 아름다움과 추함, 충동과 순수, 용서와 회개 등이 알지 못하는 이국적인 풍경과 함께 이리저리 떠다녔다. 아직 회색빛이던 내 환상은 원초적 무지 속을 헤매며 한숨과 눈물, 환희와 절망을 넘나들다가 막연한 두려움과 달큰한 갈망으로 황홀하게 빠져들었다.

그 밤 우리는 한 평 이불 속에 있지 않았다. 외등이 어스름하게 비춰오는 창 너머 어딘가, 이곳이 아닌 저 너머로 날아갔다. 언니는 아직 내 곁에 있다는 걸 확인 시켜주듯이 가끔 후후, 웃다가 어느새 저 너머에서 손짓하는 이름 모를 여자를 향해 달려가 버렸다. 나는 언니가 달려가는 그곳의 세상을 한 자락이라도 훔쳐보겠다고 눈도 깜빡이지 않고 언니 눈을 빤히 들여다보곤 했다.

그 뒤에도 언니는 가끔 온몸에 찬 공기를 잔뜩 묻히고 들어와 눈앞에 스크린을 펼쳐 보여주곤 했다. 그럴 때 언니는 몸속에 구슬이 가득 차 있는 것 같았다. 말을 한다기보다 몸속의 그것들을 떼구륵 떼구륵 굴려 내뱉었다. 나는 그 구슬이 내 심장 속을 달그락거리며 굴러다니는 게 좋았다. 상기된 목소리가 차츰 가라앉기 시작하면 나는 애가 닳았다. 그래서? 응? 내가 자꾸 물으면 언니는 피식 웃으며 "이제 그만 자."하고 돌아누웠다. 나는 더 보채지 않았다. 이미 내 안에서도 구슬이 생겨나기 시작했으니까. 언니가 잠든 뒤에도 나는 구슬을 만지작거리느라 천장만 뚫어져라 쳐다보았다. 누렇게 변색된 벽지가 꿈틀꿈틀 무늬를 만들어냈다.

가끔 〈테스〉의 내용이 궁금해진다. 도대체 어떤 내용이기에 언니는 그토록 아름답게 빠져들었을까? 하지만 절대 책도 영화도 볼 마음이 없다. 그보다 더 선연한 기억이 내게는 있으니 그걸 조금도 훼손하고 싶지 않다.

그날 언니는 언니로서, 여자로서 줄 수 있는 최고의 선물

을 주었다. 나는 언니 덕분에 타인의 세상을 상상할 수 있게 되었고 순간과 영원이 만나는 고독을 알게 되었다. 그 뒤로도 수많은 언니의 모습을 기억하지만 그날의 언니, 먼저 여자가 된 소녀인 언니로 충분히 언니 노릇을 다했다.

이렇게만 말하면 언니는 굉장히 서운하겠지. 언니 덕에

미국 여행(유일한 해외여행)도 했는데. 그때만 해도 미국은 지금과는 비교할 수 없이 아주 가기 어려운 미지의 세상이었다. 그런 미국에 다녀온 소감이 아버지는 '냅킨을 마구 써대더라', 나는 '그 커다란 고깃덩어리를 다 먹더라'여서 언니를 폭소하게 했다. 아무튼 미국도 놀라운 세상이었지만 언니는 조카라는 더 놀라운 세상을 보여주었다.

조카는 자식을 낳기 전 미리 만나보는 세상이며 나라는 사람이 가진 사랑의 크기가 얼마나 무한할 수 있는지 가늠해보는 기회이기도 하다. 자식과 달리 실재하는 요정과 같은 조카들을 데리고 언니는 미국으로 가버렸다.

언니의 미국 집에는 세 번 갔다. 첫 번째는 아기였던 조카들이 태권도복을 입고 영어로 종알종알 떠들어대서 난감했다. 두 번째는 놀이기구도 못 타면서 조카들과 디즈니랜드, 유니버설 스튜디오 등을 돌아다녔다. 세 번째는 조카들이 훌쩍 커서 초등학생이었던 내 아이들과 놀아주었다.

언니는 그곳에서 사귄 이웃과 친구네 집, 교회, 저녁마다 다니는 골프연습장, 계절마다 찾는 사과와 복숭아 농장, 파머스 마켓, 마트, 식당 등을 데리고 다녔다. 미국까지 왔으니 여행을 다니라고 권했지만 나는 조카들 곁에 있는 것이 좋았고 언니의 삶을 엿보는 것도 좋았다. 나는 선으로 이어지는 여행보다 점으로 붙박인 여행이 좋다. 여기저기 '구경'하는 게 아니라 다른 사람의 삶을 곁에서 살아보는 방식. 타인의 일상을 들여다보는 일은 적지 않은 문화적 자극이 된다. 언니는 미국에서도 내게 훔쳐볼 세계가 되어주었고 덕분에 매우 흡족한 여행을 했다. 어릴 때는 시간적으로, 커서는 공간적으로 자신의 삶을 공유해준 셈이다.

가끔 언니는 마누카 꿀이나 퓨마 신발, 코치 가방 같은 걸 보내온다. 때마다 이런 걸 받으면서 언니가 필요하다는 곱창 머리끈, 두꺼운 양말, 파우치 등은 제대로 챙겨주지 못했다. 가족은 아니, 오랜 관계가 흔히 그러하듯 처음 설정된 관계를 바꾸기란 쉽지 않다. 아무리 나이가 들어도 언니에게 나는 그저 어린 동생일 뿐이고 보살펴야 하는 대상일 거다. 나도 마찬가지로 현재의 나에게 언니는 별로 영향을 주지 못한다. 내게 현재진행형으로 남아있는 언니는 어린 자매였던 우리가 한 이불을 덮었을 당시, 동경하던 세상을 보여준 그때의 언니다.

우리들의 엄마들

20대 중반에 집을 나왔다. 성인이니 독립이겠지만 가족 몰래 나왔으니 가출이다. 그때 나를 먹여주고 재워준 '나의 엄마들'이 있다. 친구 S의 엄마와 후배 K의 엄마다.

S엄마는 소녀 같은 분이다. S네 집에는 언제나 친구들이 와글와글했는데 우리 이야기에 그녀는 두 손을 모으며 "어머나 어머나, 세상에."를 연발했다. 소녀 같은 감성을 지녔지만 누구보다 강인하고 정의감이 높아서 크고 작은 부조리에 물러남이 없었다. 그러면서 우리를 대할 때는 걱정하기보다

믿어주었고, 말하기보다 들어주었고, 묻기보다 옆에 있어주었다. 내가 집을 나온 것에 대해서도 야단치거나 훈계하거나 섣부른 조언을 하지 않았다. 그냥 하룻밤 자고 가는 것처럼 무심히 대하는 게 나를 믿어준다는 느낌이어서 큰 힘이 되었다. 나도 하루 놀다 갈 것처럼 굴었는데 지금 생각해도 낯 뜨겁고 민망하다.

S엄마는 우리와 밥을 먹고 티브이도 보며 같이 시간을 보냈지만, K엄마는 식당 일을 하느라 새벽에 나가서 밤에 들어오셨다. 새벽마다 밥하는 소리가 들리고 잠이 깨어 나가보면 상이 차려져 있었다. 얼굴 마주칠 일이 없어 군식구로서는 편했다. 결국 K집에서 결혼식 아침을 맞이했는데 K엄마는 "잘 살아라." 한마디만 하셨다.

누구나 흔들리는 한때가 있다. 정처 없는 날들이 버티고 서있다. 그럴 때 곁을 지켜줄 누군가가 있다면, 있는 그대로 긍정해주고 의지가 되어준다면 우리는 다시 자신의 길을 찾아갈 수 있다. 엄마들은 알았던 것 같다. 길 잃은 소녀에게 필요한 건 그저 곁을 내어주는 거라는 걸. 모성이란 타고나는 게 아니라 내어줄 때 생긴다는 걸.

S엄마는 그 뒤 미국에 있는 아들네 집에 가셨다. 한국에 몇 번 다니러 오셨지만 그동안 기회를 갖지 못했다가 얼마 전 다니러 오셨다는 소식을 들었다. 연로하셔서 또 언제 만날 수 있을지 알 수 없다. S가 어떤 감정일지 감히 상상조차 할 수가 없다. 나는 평생 처음으로 식사대접 하게 해달라고 부탁해서 겨우 밥과 차를 샀다. S엄마는 내내 내 손을 붙잡고 "너희가 잘살아서 나는 너무 좋다."는 말을 반복하셨다.

이 어른을 봐서라도 잘 살아야겠다는 마음이 절로 들었다. 오는 길에 내 손에는 영양제와 간식과 직접 뜬 모자와 목도리가 들려있었다. 누가 누굴 대접한 건지.

K엄마는 몇 년 전에 돌아가셨다. K에게 엄마가 몹시 아프시다는 얘기를 듣고서도 찾아뵙지 못한 것이 두고두고 죄스

럽다. 그들이 아니었다면 나는 어떤 삶을 겪어야 했을까. 생각만 해도 아찔한 순간이 무수히 떠오른다. 살면서 수많은 이들이 손을 내밀어 주었지만, 그때 엄마들만큼 적절한 순간에 적절한 태도로 품 넓게 말없이 무조건적인 애정과 지지를 보내준 이는 없었다. 내가 조금이라도 손을 내밀 줄 아는 사람이 되었다면 그것은 순전히 그녀들 넉분이다.

두 엄마에게 진 빚을 갚을 길이 없지만 뻔뻔하게도 나는 이렇게 생각하기로 했다. 그녀들이 내게 내어준 따뜻한 마음을 다른 이들에게 갚자고. 아무리 해도 받은 것만큼은 못하겠지만 엄마들의 속 깊은 마음을 기억하며 살겠다고. 학부모회 활동을 하면서 유난히 모난 아이들에게 마음을 주었는데 엄마들이라면 어떻게 했을까, 항상 떠올리곤 했다.

최근에 또 한 명의 엄마가 있었다는 것을 알게 되었다. 30여 년 만에 친구 J를 만났는데, 내가 그 집에서도 일주일 이상 머물렀다는 것이다. 세상에, 전혀 기억나지 않는다. 가끔 내 안부를 묻기도 하셨다는데 그런 신세를 져놓고 정작 나는 한 번도 J엄마와 마주치지 않았다고 생각해왔다. 이런 배은망덕이 있을까. 이래 놓고 무슨 신세를 갚고 엄마들처럼 살겠다고 하는 건지, 원.

변명을 해보자면 그 당시 기억이 잘 나지 않는다. 내가 집을 나온 기간이 몇 년간이었는지 몇 달간이었는지조차 모르겠고, S나 K나 J네 집에서 뭘 하며 지냈는지도 모르겠다. 오래전 일이기도 하지만 지우고 싶은 시절이어서 그런 것 같다. 기억이라는 건 믿을 게 못 된다. 이제 기억이 아니라 기록으로 남겨야지. 제2의 엄마, 우리들의 엄마, 나를 지켜준 엄마로.

그때는 엄마들처럼 해준다는 게 얼마나 어려운 건지 몰랐다. 그저 친구네 집에 있는 걸 친구의 엄마가 허락(!)해주어서 다행이라고 생각했다. 내 아픔만 들여다보느라 누군가 나를 보살펴주었다는 사실도 알아차리지 못했다.

엄마가 된 후 다른 아이들이 내 손을 필요로 할 때, 내 품을 열어야 할 때 그제야 알았다. 타인을 집에 들이고 마음을 주고 곁을 내준다는 것이 어떤 의미인지를. 그것은 생각보다 마음이 넉넉해야 하고 공감력이 전제되어야 하며 책임이 필요한 일이었다.

우리는 사회를 이루면서 개인의 책임과 권리를 분명히 하고서 그 연대책임을 '돌봄'이라는 이름으로 각 가정에 맡겼다. 그래서 폭력으로 신고를 해도 집안일이라는 말 한마디로 방어막을 칠 수 있는 거다. 내 가정을 벗어나 남의 가정으로 (잠시라도) 들어선다는 것은 그 책임과 권리의 소유를 흔들어 놓는 일이다. 누가 아는가. 내가 어떤 실수를 하게 될지 또는 위협이 될지(예를 들면 내가 불을 낸다든가, 내 부모가 행패를 부린다든가). 하지만 개인의 그것을 어딘가에 한정짓는다는 것은 가능하지 않나. 부모나 가정이 언제나 개인에게 힘이 되어주는 게 아니고 개인은 존재 자체로 개별적이므로.

개인도 그렇지만 집이라는 공간도 마찬가지다. 집은 지극히 사적인 공간이지만 공간이란 원래 인간이 소유할 수 없는 지구인의 공유재가 아니던가. 갑작스레 비가 오면 처마 끝에 잠시 머물며 비를 피하는 게 당연하고, 그 처마에 대해 누구도 소유권이나 권리를 주장하지 않듯이. 엄마들은 그렇게 책임과 권리, 소유에 초연했고, 지구인의 한 사람으로서 나는 거기 머물 수 있었다.

나도 군식구를 들인 적이 있다. 나는 아주 작은 것도 아까워하는 쫌생이어서 푹푹 줄어드는 쌀과 부식을 보며 한숨을 쉬었고, 우리 식구가 먹는 양에 비해 한 사람의 양은 어찌나 쉽게 티가 나는지 속상했다. 이를 테면 값비싼 고기 같은 것은 우리 가족만 향유했음 좋겠다고 생각했고, 그들이 흘린

흔적이 짜증스럽기도 했다.

그들의 안전이 걱정되기도 했다. 어린 미성년일 때는 더욱. 내 집에 있는 동안 별 일 없기를, 행여 작은 말 한마디라도 상처 주는 일 없기를, 크고 작은 다툼이 일어나지 않기를 바라며 노심초사했다. 나는 괜찮은 척, 대범한 척 하느라 피곤했다. 그들이 준 기쁨은 잊고 불편하다고 투덜거렸다. 그들과 연결되는 것보다 내가 지키고 싶은 것들에 마음을 두면 당연히 싫은 것이 크게 보이는 법이다. 개인화된 세상은 굳이 연결되어야 할 이유가 마땅히 없다고 부추기까지 하니까.

분명 엄마들도 귀찮고 아까운 순간이 있었을 거다. 심지어 나는 그들의 집에서 가족과 척을 지고 결혼을 감행했으니 엄마들은 얼마나 큰 부담이었을까. 그럼에도 엄마들은 손 내밀기를 주저하지 않았다. 대범하게 처마를 내주었다.

엄마들은 무심하면서도 다정했다. 남편은 우리 엄마를 만난 것보다 S엄마를 만난 날들이 더 많았을 거다. 더 많이 이야기 나눴고 더 많은 격려를 받았다. 그건 어쩌면 적당히 남이어서 가능했던 걸지도 모르겠다. 엄마친구 아들이 내 아들보다 더 잘나 보이는 것도 남이어서 그런 것처럼. 자식을 손님처럼 대하라는 말에는 존중하라는 의미도 담겨있지만 지나치게 내 뜻대로 하려들지 말라는 의미도 담겨있지 않은가. 엄마들은 적당히 거리를 두고 지나치게 감정이입하지 않으며 오로지 따뜻한 기도만을 보내주었다.

언젠가 잊지 못할 '엄마들'에 대한 간증대회를 열고 싶다. 언제 가도 싫은 내색 없이 떡볶이를 만들어주던 △△엄마, 체험학습비를 친구들 몰래 내주던 ○○엄마, 마을 활동하는 우리에게 부침개를 해다 주던 □□어르신 등 끝도 없이 쏟아질 거다.

그런 의미에서 더 많은 엄마가 있었으면 좋겠다. 모성이니 희생정신이니 하는 이데올로기로 가둔 엄마 말고 다정한 관심과 지지를 나누는 엄마들, '내 아이'에게만 집중된 비뚤어진 모성 말고 이웃을 살피고 서로를 돌보는 엄마들, 깊은 공감력과 인류애를 가진 엄마들, '우리들의 엄마'와 같은 어른 말이다. 한 명의 엄마에게 몰방하지 말고.

여전한 숙제 울 엄마

　작가 조해진은 《환한 숨》에서 "우리는 모두 저마다의 상처에 빚을 지며 쓰기도 하고 읽기도 하는 거겠죠. 상처의 고유함을 믿는 것이 우리에게 주어진 공평한 특권일 테니까요."라고 했다. 내게도 엄마는 쓰기도 하고 읽기도 하는 상처이며 특권이다. 이제 그만 들여다보고 싶은데 그게 잘되지 않아 여전히 인생의 큰 숙제로 남아있다. 뇌를 찍어보면 모든 시냅스가 엄마로 연결되어 있을 것만 같다.

　글을 쓰기 시작하면서 세상 이것저것이 모두 글의 소재로 보였다. 당연히 엄마도 글의 소재가 될 거라 생각하니 살짝 설레기까지 했다. 마치 대박을 터트려줄 복권을 숨겨둔 것처럼 요걸 언제 어떻게 꺼내 쓰지? 요리조리 굴려보고 있었다. 그런데 엄마가 예상치 못한 문자를 보내면서 기대감은 깨졌다. 글감을 빼앗겨서(?) 억울하다. 약간의 오자까지 그대로 옮긴다.

우리, 막네 공주, 생일 축하해, 늘 건강하고.

깜짝 놀라 핸드폰을 침대 위에 떨어뜨렸다. 잠시 숨을 고르고 나서 조심스럽게 핸드폰을 집어 발신인을 살폈다. 분명 엄마였다.

그때 나는 코로나로 병원에 입원해 있었다. 코로나 초창기여서 긴장감이 컸다. 위기를 넘기고 머릿속에 구름이 낀 것 같이 멍한 상태였다. 문자를 보고 처음 든 생각은 나한테 보낸 거 맞나? 다음엔 혹시 나 오늘 죽나? 세 번째로 보이스피싱인가? 아무리 다시 봐도 분명 내게 온 것이 맞고 보이스피싱이라기에는 다음 내용이 없다. 그럼 죽는 건가.

그날이 내 생일이기는 했다. 하지만 엄마에게서 뭔가 요구사항이 아닌 문자는 더구나 생일 축하한다는 문자는 처음이다. 우리라니 공주라니 언제부터 내가 공주였나요? 순간 입을 삐죽이며 마음이 삐딱해졌다. 저 깊은 곳에서 얼어 있던 빙하가 스르륵 녹으려 해 당황스러웠다. 빙하는 짰다.

누군가는 엄마에게 늘 듣는 표현일지 모르지만 난 아니다. 생전 처음이다. 엄마는 억울할 수도 있다. 내가 기억하지 못하는 숱한 시간 동안 엄마는 마음으로 이 말을 되뇌었을 거다. 그것까지 의심하지는 않는다.

'머릿속 구름이 테를 둘렀을지도 몰라. 죽기 좋은 날이다.' 흐흐 웃음을 흘렸다. 며칠 뒤 멀쩡히 퇴원했다.

쉰이 넘어 곧 환갑을 바라볼 나이에 아직도 엄마에 대한 이해보다 설움이 먼저냐고 묻는다면 민망하게도 그러하다. 엄마가 딸을 낳고 느낀 절망을 이해하지 못할 나이는 지났지만 아무리 절망이 커도 사는 내내 절망의 상태일 수는 없다. 엄마는 나를 먹이고 입히고 기르면서 내가 어여쁘지 않았을까. 아무리 먹고 사느라 힘들었다고는 하지만 자식이 이쁜 것은 숨겨지지 않는 건데 어쩌면 매 순간 그리 모지락스러웠을까.

엄마에게 공주, 그러니까 딸은 재앙이었다. 하나도 아니고 둘도 아니고, 셋이라니. 엄마가 느낀 절망은 내가 받은 그것과는 또 다른 무게였을 것이다. 출산의 고통이나 자식을 낳은 기쁨을 제대로 누려보지도 못하고 섧기만 했을 거다. 딸의 생일이기 전에 가장 부정하고 부정하고 또 부정하고 싶은 날이었을 거다.

엄마는 좋은 가문의 맏딸로 태어났다. 가문과 맏이, 이 두 가지는 엄마가 세상에 맞서는 갑옷과 같은 것이다. 지금 시대에 가문이 무슨 소용이냐고? 엄마가 사는 세상은 아직도 양반이 있고 층하가 있고 서열이 있다. 엄마에게는 조선시대도 너무 최근이다. 고려시대의 양반으로서 당신의 계급성을 지키며 산다. 아버지도 엄마가 아버지 집안보다 높은 양반집 자손이어서 평생 받들어 모셨다. 어릴 때 수시로 무릎 꿇고 앉아 조상에 대해서, 도리에 대해서 들어야 했다. 다행인지 불행인지 내용은 하나도 기억나지 않는다.

엄마의 엄마, 즉 외할머니는 몸종을 데리고 시집을 왔다. 아침 세숫물부터 머리 빗기, 옷 입기 등 모든 일을 종이 다 해주던 시절이었다. 그러다 신분제 폐지로 종이 사라지자 어린 딸에게 그것을 대신하게 했다. 외할머니도 당혹스러운 세월이었겠지만 장자로 귀한 대접을 받던 엄마는 얼마나 당황스러웠을까. 그렇지만 집안의 맏딸로서 엄마는 자신의 처지를 받아들였고 책임을 다했다. 그러니 가문만큼은 물러설 수 없는 마지막 자존심이었을 것이다. 또한 책임은 권리를 가지는바, 외할아버지는 엄마를 맏이로서 존중해주었고 지금까지도 이어져 동생인 외삼촌과 이모는 엄마를 부모처럼(부모가 안 계시면 맏이가 부모 대신이라는 말이 실제로 행해진다) 대한다.

그런 엄마가 가진 유일한 약점은 여자라는 것. 그런데 딸을 셋이나 낳은 것이다. 반상의 법도만큼이나 단단하게 뿌리박힌 가부장제는 엄마 자신을 경멸하게 했고 딸들을 포함한 모든 여자를 평생 못마땅한 얼굴로 쳐다보게 했다.

스무 살 무렵 집을 나와 버렸지만 지금껏 엄마라는 감정 유산은 끈질기게 나를 가두었고 그런 엄마를 벗어나느라 나는 자가면역질환을 얻었다. 질병이 나의 잘못 또는 선택으로 얻어지는 것은 아니지만 나는 혈육을 벗어나려는 몸부림 탓으로 본다.

《우리는 언젠가 만난다》에서 채사장은 "우리가 세계에 던져졌다고 할 때, 그 세계는 지구가 아니라 바로 나 자신"이라고 했다. "당신은 당신에게, 나는 나에게." 불행히도 엄마는 양반과 천민이 있는 계급사회와 장자를 중심으로 하는 가부장의 세계에 던져졌는데, 딸인 나는 가부장을 거부하는 첫 세대에 던져져서 우리는 깊은 강을 사이에 두고 서 있다.

문득 나는 어떤 세계에 갇혀 있을까 궁금하다. 엄마가 엄마의 세계에 살듯이 나도 나의 세계, 나를 지탱하는 지평이 있을 것이고 그것은 때로 나만의 아집으로 드러날 것이다. 이번 생에 나는 나의 세계를 벗어날 수 있을까. 아니, 그전에 내가 사는 세계는 무엇으로 이루어져 있는지 알 수나 있을까. 지혜의 배를 타고 생사 미혹의 세계에서 깨달음의 세계로 가는 길을 가르치는 금강경을 매일 쓰는 엄마도 못 한 그것을 과연 내가 할 수 있을까. 엄마도 나처럼 자신이 무엇에 갇혀 있는지 모르는 게 아닐까. 엄마라는 존재는 어쩌면 자기 세계를 벗어나지 못하는 이들에게 거울이 되어주려고 곁을 떠나지 않는 거 아닐까.

엄마는 엄마의 세계를 벗어나지 못해서 딸로 태어난 죄책감을 기어이 내게 심어주었고, 나는 마음에 박힌 죄책감을 벗어던지지 못하고 가부장의 희생자인 엄마와 연대하지 않는다. 차라리 여전히 미움받는 딸들과 연대하고자 한다. 던져진 세계를 깨고 나온다는 게 얼마나 힘든 것인지 우리 두 사람이 온 생으로 보여주고 있는 것 같다.

우리는 더 이상 엄마의 손길이 필요하지 않은 나이가 되어서도 여전히 엄마의 그늘 안에 몸을 숨긴다. 과연 인간에게 엄마가 필요 없는 나이라는 게 있을까. 죽을 때도 엄마를 부르며 죽지 않을까. 어쩌면 엄마란 낳아준 존재가 아니라 생존, 즉 존재론적 불안이 부르는 종교의 이름이 아닐까. 또는 힘든 인생 이게 다 엄마 탓이야 하고 아무 때나 탓할 핑계가 되어주는 제물이거나.

"당신 자신을 당신의 딸이라고 한번 생각해보세요. 지금 자신에게 하고 싶은 말, 스스로에게 사주고 싶은 것. 어떻게 달라지나요? 스스로에게 자학하며 던지는 말을, 딸에게라면 하고 싶으세요? 지금 스스로에게 과분하다고 생각하는 것들을, 딸에게라면 아끼고 싶으신가요? 나는 내 딸이다, 내가 사랑하는 내 딸이라고 생각하고 마음이든 물건이든 어떻게 해주고 싶은지 생각해보세요." ◪

◪ 《어른이 되어 더 큰 혼란이 시작되었다》, 이다혜 지음

작가는 '나 자신이 딸이었던 기억, 무조건적인 사랑을 받은 기억'을 떠올리며 자신을 돌보라는 의도로 쓴 글이지만 나는 '내가 내 딸이라면'이라는 가정 자체가 상상력을 방해한다. 오히려 엄마가 했던 온갖 '위악적인 말들'이 생생하게 떠올라서 나를 더 미워하게 되고 싫어하게 된다.

애써 보통의 엄마를 떠올리며 무조건적인 사랑을 받았다 치고 상상을 하려고 노력해보았다. 그랬더니 왜 엄마는 무조건적인 사랑을 주어야 한다고 생각하지? 라는 모성 신화에 대한 반발이 치밀어 오른다. 왜 나는, 왜 우리는 엄마가 딸에게는 제일 좋은 걸 주고 싶어 할 거라고 믿는 걸까. 부모로서 그런 마음이 없는 것은 아니지만 그게 전부는 아니다. 자식 앞에서 엄마는 가장 낮은 데까지 내려가기도 하지만 한 인간으로서 가지는 당연한 욕망과 이기심을 수시로 시험당하고 번뇌에 휩싸이기도 한다.

그러니 엄마는 그저 낳아준 사람에 대한 호칭일 뿐이어야 한다. 내게 무조건적인 사랑을 주지 않았어도 모성이 조금 부족했어도 낳아준 사람에 대한 호칭으로서의 '엄마', 그거면 충분하다. 더 이상의 수식어는 거부한다.

며칠이 지난 후에야 남편에게 문자를 보여주었다. 소화

하기 힘든 고깃덩어리를 삼킨 것처럼 내내 목에 걸려있었지만 누군가와 공유하기에는 너무 아까운 고깃덩어리였다. 남편은 한참 들여다보더니 "막내 공주라는 거 보니 당신 맞네." 했다. 남편도 잘못 보낸 문자가 아닌지 그것부터 의심했었나 보다.

"봤지? 나 이제 공주야."

나는 여전히 떨떠름한 표정의 남편 앞에서 거들먹거렸다. 아, 이런 거 얼마나 하고 싶었던가.

덧, 좋은 가문의 자손인 엄마 덕분에 내가 가질 수 있었던 엄청난 유산이 있다. 엄마는 항상 우리가 양반이라 평생 큰 사고 없이 평탄하게 삶을 마칠 거라고 장담했다. 말도 안 되는 소리라고 생각하지만 인생이 평탄할 거라는 장담은 밤길이 무서울 때, 삶이 고달플 때, 때론 꼬질한 현실 앞에서 꽤 괜찮은 방패가 된다.

(동화) 호랑이, 할머니 그리고 바앙귀

호랑이 방귀 뀌는 이야기 들어봤니?

할머니가 해주시는 옛날이야기에는 언제나 호랑이 방귀 뀌는 장면이 나왔잖아. 할머니는 방귀라고 하지 않고 입에 바람을 잔뜩 넣어 '바앙귀'라고 하면서 몸까지 부풀렸지. 나는 입으로 온갖 바앙귀 소리를 내면서 발로는 이불을 풀썩이며 웃어대곤 했어.

근데 소문을 들은 호랑이는 무척 부끄러웠나봐. 그래도 냄새는 고약하지 않다고 변명도 해보고 몸을 부르르 떨며 성질도 내보았지만 꽁한 마음이 가시지 않았대. 결국 할머니를 찾아 나섰다지.

"어흥, 내 이 할망구를 만나기만 해봐라."

호랑이는 단단히 벼르며 마을로 내려왔는데 할머니를 찾을 수가 없었어. 옛날이야기 속 할머니 모습만 생각했나 봐. 머리에 쪽 짓고 한복 입은 할머니 말이야. 요즘 할머니가 어디 그래? 곱슬곱슬 파마머리에 청바지랑 티셔츠를 입기도 하는데. 호랑이는 몇날 며칠을 배를 곯으며 헤매고 다녔지 뭐야.

"아니, 이 할망구가 도대체 어디로 가버렸나?"

기력이 없는 호랑이가 편의점 유리창에 기대 처량하게 안을 들여다보고 있는데, 마침 똥그림판을 든 할머니가 저 앞에 나타났어. 유치원에서 이야기 할머니로 맹활약 중인 할머니는 오늘도 아이들에게 '방귀 뿡, 똥 뿌지직' 이야기를 들려주고 의기양양 집으로 돌아오는 중이었대.

"어흥, 네가 내 방귀 이야기를 함부로 떠들고 다니는 할망구렸다!"

호랑이는 주린 배를 부여잡고 온 힘을 다해 소리쳤어.

"아이고, 놀래라. 호랑이 아니냐? 네가 여기는 웬일이냐?"

"웬일이냐고? 흥! 나를 팔아먹고 다니는 할망구 잡아먹으러 왔지."

"에이, 무슨 말을 그렇게 고약하게 하누. 네 이야기 덕분에 조금 즐겁게 살고 있을 뿐이지. 그러지 말고 일단 이거 먹으면서 내

이야기 좀 들어보렴."

할머니는 주섬주섬 가방을 뒤져 고구마를 꺼냈어. 방금 유치원에서 받아온 고구마는 아직 따끈해서 보기만 해도 말랑말랑 입에서 녹을 것 같았어. 알다시피 호랑이는 너무 배가 고팠잖아. 체면불구하고 침이 줄줄 흘렀어.

"아니, 이 할망구가 잘못했다고 빌어도 시원찮을 판에 무슨 수작을 부리려고."

호랑이는 큰소리치려다가 그만 켁 하고 사레가 들렸어. 할머니는 다시 가방 속을 뒤져 요구르트를 꺼냈어.

"에구구, 호랑이야. 진정하고 이것도 좀 마셔."

호랑이는 간에 기별도 안 갈 것 같은 쪼그만 병을 보고 기가 찼지만, 향긋한 냄새에 홀린 듯 입을 벌렸어.

"응, 그래. 어여 마셔. 방귀에도 좋은 거야. 그럼그럼."

호랑이는 방귀에 좋다는 소리에 뚜껑까지 핥아 먹었어. '아하, 고거 참 달다'하면서.

할머니는 그새 핸드폰을 꺼내들고 뭔가를 검색하기 시작했어.

"호랑이야. 이것 좀 봐. 방귀 이야기를 검색해보면, 며느리가 제일 많고 그다음이 나, 방귀쟁이 할머니야. 방귀 이야기로 유명하기로는 너보다 내가 더하거든. 그러니까 너무 속상해하지 말아. 너는 나랑 며느리에 비하면 아무것도 아니야."

할머니가 들이미는 핸드폰에는 정말 아이들이 좋아하는 방귀 이야기로 방귀쟁이 며느리가 1위라고 쓰여 있었어.

"어때? 내 말이 맞지?"

할머니는 핸드폰을 흔들며 미소 지었어.

호랑이는 자기도 모르게 고개를 끄덕이다 멈칫했어. 가만있자. 호랑이 체면이 있지, 내가 왜 며느리보다 할머니보다 뒤처진 3등이야? 호랑이는 정신이 번쩍 들었어. 이 요망한 할망구를 가만두지 않겠다.

"어흥, 이 할망구야. 이야기를 어떻게 했기에 산중호걸이라 불리는 이 호랑님을 3등으로 만들어? 내 방귀가 어떤 방귀인지 맛 좀 볼 테냐?"

호랑이는 큰소리를 쳤어. 할머니는 뭔가를 골똘히 생각하더니 무릎을 쳤어.

"호랑이 네 말이 일리가 있다. 아무렴 며느리보다야 내 방귀가 세고, 내 방귀보다야 호랑이 방귀가 세지 않겠니? 이번 기회에 잘못된 정보를 바로잡자."

이 할망구가 또 무슨 소리를 하는 건가, 호랑이가 눈만 끔벅거리자 할머니는 다시 한번 콕 집어 말했어.

"천하제일 방귀쟁이 대회를 열자는 말이다."

호랑이는 허리에 손을 탁 얹으며 큰소리쳤어.

"그거 듣던 중 반가운 소리다."

그렇게 방귀쟁이 대회가 성사되었단다.

'제1회 천하제일 방귀쟁이 대회'

산중공원 여기저기에 현수막과 포스터가 붙었어.

호랑이는 방귀쟁이라고 소문낸 할머니를 혼내주려던 건 까맣게 잊고, 오로지 천하제일 방귀쟁이가 되겠다는 일념으로 매일 방귀 연습에 매진했어. 특히 고구마와 요구르트를 먹어댔는데, 아마 그게 할머니만의 비장의 무기라고 생각한 모양이야. 할머니는 뭘 먹었냐고? 당연히 보리밥을 많이 먹었지.

자, 드디어 대회 날이 밝았어. 산중동물들은 죄다 모여들었지. 방귀깨나 뀐다는 스컹크와 노린재는 말할 것도 없고 똥으로 밀리지 않는 코끼리와 소, 말, 쇠똥구리와 지렁이까지 왔어. 하마와 개구리는 호숫가에, 까치와 앵무새는 대추나무에, 나비와 거미는 해바라기와 나팔꽃 사이에 앉았지.

이제 대회가 시작되려나 봐. 무대에는 호랑이와 할머니, 며느리가 나란히 섰고, 사회를 맡은 원숭이가 '아아, 마이크 테스트, 하나둘 하나둘, 방귀 방귀 뿡뿡'하면서 까불어댔지.

"여러분, 안녕하십니까? 제1회 천하제일 방귀쟁이 대회에 오신 여러분들을 환영합니다. 그럼, 대회를 시작하겠습니다. 참가 번호 1번, 며느리!"

며느리가 한 발 앞으로 나서자 함성소리가 장난이 아니었어.

"여러분, 날아가지 않게 뭐든 꽉 붙잡으세요."

말이 끝나기 무섭게 며느리가 허리를 살짝 비틀었어. 엄청난 방귀 바람이 불어와 코끼리 코를 잡고 있던 염소가 코와 함께 훌 렁, 바위 뒤에 숨었던 쇠똥구리가 쇠똥과 함께 훌쩍, 나무를 붙 잡고 있던 원숭이가 나뭇가지와 함께 휘청, 소 뒷발을 한 쪽씩 잡 고 있던 토끼와 너구리도 풀쩍 넘어지고 말았지.

"이야, 정말 굉장해. 역시 며느리 방귀야."

모두 며느리를 향해 엄지를 척 내밀었어. 며느리 방귀를 처음 본 호랑이는 긴장이 되기 시작했어.

"다음 참가번호 2번, 할머니!"

할머니가 동물 친구들을 향해 손을 흔들며 앞으로 나섰어. 나 서는 걸음걸이 <u>뽀뽀로뽀뽀</u>, 삐삐리삐리, 빠방빠방, 방귀소리가 경쾌했어. 와하하 웃음이 터졌지. 할머니는 웃음소리에 화답하 듯 <u>뿌우우우우우우우우우우웅우우우우우우</u>, 기차가 지나 가듯 커졌다 작아지는 방귀를 뀌었어. 호랑이는 할머니의 재치에 혀를 내둘렀어. 하지만 그건 천하제일 방귀쟁이와는 상관없는 일이라는 생각에 긴장이 살짝 풀렸어.

"다음 참가번호 3번, 호랑이!"

호랑이는 손에 들고 있던 요구르트를 쭉 들이켜고 무대 가운데로 나섰지. 드디어 자신의 방귀를 보여줄 때가 왔다는 사실에 감개무량했어. 일단 손을 들어 좌중을 조용히 시켰지. 그리고 엉덩이에 힘을 주었는데, 음? 뭐지? 방귀가 안 나오는 거야. 호랑이는 다시 한번 주먹을 쥐고 엉덩이에 힘을 주었어. 이번에도 방귀는 감감무소식이야.

호랑이는 완전히 당황해서 배를 두들겼다 발을 굴렀다 엉덩이를 내밀었다. 거의 똥을 쌀 기세야. 그 꼴을 보고 있는 동물들은 웃음이 터질 것 같았지. 하지만 호랑이가 누구야. 뒤끝 장렬 소심쟁이 최고 포식자잖아. 어떻게든 참아야지. 다들 딴청을 피우는데, 어디선가 뽀옹, 소리가 났어. 토끼였지.

토끼 얼굴이 빨개지려던 찰나. 옆에 있던 너구리가 풋 하고 웃으며 픽 방귀를 뀌고, 그 뒤에 개구리가 호홍 하고 웃다가 뽀봉 방귀를 뀌고, 코끼리가 흐하하핫 웃으며 파파파팟 방귀를 뀌었어. 여기저기서 방귀가 터져 나왔지. 하마가 푸하하하 웃으며 방귀를 푸푸푸푸푹, 쇠똥구리가 허허 웃으며 방귀를 허잇뽕, 까치가 깍 웃으며 방귀를 끼리릭 뀌었어.

그제야 호랑이에게도 소식이 왔어. 무슨 소식이냐고? 방귀소식이지. 호랑이는 손가락을 튕기며 부아앙! 방귀를 뀌었어. 어마어마한 울림으로 무대가 흔들리고 산이 흔들리고 골짜기를 울려서 저 멀리까지 메아리가 퍼져갔어. 호랑이가 다시 한번 손가락을 튕기자 푸아앙! 하며 오던 메아리가 부딪쳐 되돌아갔어. 굉장한 방귀였지.

"역시 호랑이 방귀가 대단하군. 하지만 뭐니 뭐니 해도 내 방귀가 제일 시원하지."

"그럼그럼. 방귀뀌기 좋은 날씨야."

동물들은 서로의 방귀를 격려했어. 지렁이와 두더지가 옆에서 박자에 맞춰 방귀를 주고받았고, 방귀 먹은 흙이 부드럽게 흩어졌어.

방귀는 이제 리듬을 타기 시작했어. 삐리리리 피리소리, 빠바라빰 트럼펫 소리, 두두두둥 드럼 소리, 자자장 심벌즈 소리까지 오케스트라가 따로 없어.

할머니는 리듬에 맞춰 오른 다리 번쩍, 왼 다리 번쩍 트위스트 춤을 추며 아까 못다 한 방귀를 이어갔고, 분위기 파악이 빠른 며느리는 허리를 살랑살랑 훌라춤을 추며 시원하게 방귀 바람을 내뿜었다지.

호랑이가 또 삐졌냐고? 무슨 소리. 호랑이는 이미 자기 방귀에 심취해 대회 따위는 잊은 지 오래야. 혼자 엉덩이를 들썩이며 산울림을 받아치느라 바빠.

그래서 누가 천하제일 방귀쟁이냐고? 소리로 치면 호랑이, 바람으로 치면 며느리, 길이로 치면 지금도 끊이지 않고 있다는 할머니라지. 하지만 누가 뭐래도 이번 대회의 영웅은 토끼 아니겠어?

쉿, 이건 비밀인데 구린 걸로 치면 내가 제일일걸.